Honig mit Salz

tamara bach
honig mit salz

montag

Draußen ist es hell. Hallo, denkt Ari. Hallo, Insel.
Sie macht ihr Handy an. Es brummt
   Du fehlst mir jetzt schon. Das wird so öde!!!
Elif hat noch drei heulende Emojis dahintergeschrieben.
Ari lächelt. Mama und Papa stehen im Gang und ziehen das Handgepäck aus der Gepäckablage.
Und du mir erst!
Ari schaut raus und blinzelt.
»Komm«, sagt Mama. Ari schiebt sich über zwei Sitze zum Gang. Steht.
Papa legt Ari von hinten die Hände auf die Schultern und das Kinn auf ihren Kopf. Er schaukelt sie leicht hin und her und singt »Ich war noch niemals in New York«.
»Stimmt doch gar nicht«, sagt Mama. Sie schaut über ihre Schulter und lächelt Papa und Ari an. »Los geht's.«
Aris Schultern werden leicht. Papa schiebt Ari vor sich her. Am Ausgang legt ihr die Stewardess ein kleines silbern verpacktes Bonbon in die Hand. *Aegean Airlines* steht drauf.
Papa singt »We are going on a summer holiday«.
»Oh nein, Ari, wir haben deinen Vater daheim vergessen und Karaoke-Achim mit in den Urlaub genommen«, sagt Mama und geht die Gateway entlang.
»Ich bin für das Entertainment zuständig«, sagt Papa

mit komischer Stimme in Aris Rücken. Mamas federnde
Schritte. Wie der Boden unter Aris Schuhen vibriert.
»Holst du die Koffer und ich geh zur Autovermietung?«,
fragt Mama.
Papa nickt und zieht Ari hinter sich her zum Gepäck-
band.
Aris Handy brummt.

  Hau doch einfach ab und komm zu mir!
Jaaaaaa! Ich komm jetzt sofort! Das kriegen die eh nicht mit!
Ich bin ja schon am Flughafen!
Ari grinst und schaut sich um. Stellt sich vor, wie sie ein-
fach in einen anderen Flieger steigt, nur mit ihrem Ruck-
sack, der Jeansjacke und Handy. Abenteuer, denkt Ari.
Papa schiebt sich durch die anderen Menschen zum
Band, wo der erste Koffer liegt, schwer. Papa hievt ihn
vom Band, niemand macht ihm Platz. Andere Hände
greifen nach anderen Koffern.
Ari steht da nur, das Handy in der Hand, sieht, wie das
Gepäckband seine Runden dreht wie ein schlechtes
Karussell. Wie sich Menschen aneinander vorbeischie-
ben. Nebenan ein Flug aus London. Keiner mehr da, nur
noch ein einsamer Koffer.
»Ari!«, ruft Papa, und sie schaut hoch. »Hol mal einen
Gepäckwagen.«

Ari kramt in ihrer Tasche nach der Sonnenbrille.
Der Asphalt unter Aris Füßen fühlt sich weich an. Sie
geht den Eltern hinterher zum Parkplatz, bleibt bei
einem Auto stehen, als die Eltern stehen bleiben. Das
Schloss entsperrt laut. Sie laden die Koffer ein, Papa
geht zur Fahrertür, Mama gibt ihm im Vorbeigehen den

Schlüssel. Ari öffnet die Tür hinter der Fahrertür, steigt
ein.

Atmet tief ein und riecht das Auto.

»Oh, noch ganz neu, was?«, sagt Mama und schnallt sich
an. Sie schaut nach hinten zu Ari. Ari lächelt Mama an.
Nickt.

Aris Handy brummt. Elif schreibt, dass es jetzt Essen
gibt, dass sie aber geschworen hat, dass sie nie wieder
essen will, jetzt, wo sie gesehen hat, wie dick alle Frauen
in ihrer Familie sind.

Dann schreibt sie, dass das Essen voll lecker ist.

Dass sie dann einfach dick wird.

    worth it

Mama tippt die Adresse ins Navi. Papa fährt los.

Die Luft im Auto wird langsam kälter. Ari schaut zum
Fenster raus.

»Schau, dahinten ist das Meer!«, ruft Mama zu Ari. Ari
streckt sich.

»Siehst du?«

Ari sieht nichts und nickt, lächelt Mama an. Mama
lächelt zurück, legt Ari kurz eine Hand aufs Knie.

Das Navi scheppert seine Anweisung.

Ari sieht wieder raus. Sie lassen den Flughafen hinter
sich. Ari macht kurz die Augen zu.

Als sie auf der Schnellstraße sind, macht Papa das Radio
an. Mama dreht es leiser.

Er schaut sie an.

»Navi«, sagt sie.

Papa seufzt.

Ari setzt sich auf. Weiße Häuser. Dahinter endlich das
Meer. Hallo, Meer, denkt Ari und lächelt.

Sie fahren weniger als eine halbe Stunde an der Küste entlang, dann ab von der Straße auf eine andere, kleinere, einen Hang hoch. Ari dreht den Kopf, solange sie kann, bis sie das Meer nicht mehr sieht.

Die Straße schlängelt sich, windet sich, malt Schlaufen auf den Berg.

Ari sieht Gestrüpp, sieht Bäume, »Oliven«, sagt Mama und deutet. Sie sieht Ziegen als weiße Punkte am Hang.

»Da«, zeigt Mama, und Ari sieht eine Windmühle weiter oben, klein, weiß, die Flügel Segel, ein Schiff ohne Meer.

»Ist nicht mehr weit«, sagt Papa nach vorne.

Ari lehnt sich nach rechts, versucht an ihm vorbeizuschauen. Da ist nur Hang, da ist nur Straße.

Kakteen. Bäume.

»Schau mal, Zitronen!«, ruft Mama.

Die Straße wird flacher. Ari dreht sich um und hält sich am Türgriff fest.

Das Meer ist jetzt eine Fläche, sie sieht das Weiß der Wellen, wie es sich kräuselt.

»Ist gar nicht so weit weg«, sagt Mama. Sie dreht sich zu Ari, streichelt ihr die Wange mit den Fingerspitzen.

»Schau, wir fahren ganz oft runter.«

»Wir hätten ja auch unten an der Küste mieten können«, sagt Papa.

»Aha«, sagt Mama und schaut ihn an.

Papa antwortet nicht, fährt weiter geradeaus, dann hebt er einen Zeigefinger.

»Wir sind da.«

Der Wagen kriecht durch enge Gassen.

Dann halten sie an.

Sie steigen aus.

»Ich hol mal den Schlüssel im Laden«, sagt Mama und geht los.

Hallo, Haus, denkt Ari.

»Hilfst du mir?«, fragt Papa Ari.

Ari zieht ihren Koffer über Steinstufen, heben, rollen, heben, rollen.

»Das macht Muskeln«, sagt Papa.

Ari lacht halb. Viertel. Sie stellt den Koffer ab.

Schnauft.

Papa springt die Treppen runter, holt den letzten Koffer.

Mama kommt die Straße entlang und winkt mit dem Schlüssel.

Papa setzt den Koffer ab. Er stemmt die Fäuste in die Seiten und nickt. »So. Urlaub«, sagt er.

Zwei Mofas fahren an Mama vorbei. Aris Augen folgen, bis sie um eine Häuserecke biegen. Ari schaut weiter, wo nichts mehr ist.

»Dorfjugend«, Papa kichert. Er schubst Ari in die Seite. Ari guckt auf den Boden. Legt sich eine Hand an die Wange.

»Da können wir auch gleich ein bisschen einkaufen«, sagt Mama noch, als sie die Stufen hochsteigt. »Die haben von allem was, das reicht für den Anfang. Heut Abend können wir ja essen gehen.«

»Hast du Hunger?«, fragt Papa Ari.

Sie zuckt mit den Schultern. Lauscht in ihren Bauch, ob da Hunger ist.

»Dann gehen wir gleich hin und du suchst dir was aus. Aber erst mal auspacken.«

Mama schließt die Tür auf und schiebt sich an den

Koffern vorbei ins Haus. Kalte Luft schwappt nach draußen.

Mama holt tief Luft, dann schnüffelt sie.

»Hier riecht es«, sagt sie, sagt aber nicht, wonach. Sie fängt an, die Fenster zu öffnen.

An der Wand ist ein Herd, ein Kühlschrank, Küchenschränke mit Arbeitsplatte. Mitten im Raum steht ein langer Tisch mit Stühlen drum herum. Auf den Sitzflächen bunte Kissen. Ari sieht ein müdes Sofa an einer Wand, daneben unentschlossen ein Sessel, auf beiden Kissen und Tücher.

Papa hat die Koffer reingeholt. Mama ist fertig mit Fensteröffnen und fängt an mit Türenöffnen. »Hier ist dein Zimmer«, sagt sie zu Ari.

Ari nimmt ihren Koffer und zieht ihn in das Zimmer. Der Koffer rumpelt über die Steinplatten.

Das Zimmer ist klein. Ein Bett, ein Schrank. An der Wand ein schmaler kleiner Tisch, auf dem ein buntes Deckchen liegt, darauf eine leere Schale. Ari starrt die Schale an.

Der Koffer ist zu groß fürs Zimmer. Ari kann ihn nicht aufklappen.

Der Koffer klemmt mit halb offenem Maul wie ein verhindertes Krokodil zwischen Wand und Bett. Ari macht ein Foto und schickt es Elif.

Elif lacht zurück.

Dann schaut Ari aus dem Fenster.

Der Himmel ist blau wie ausgedacht. Die Häuser alle weiß wie in einer Waschmittelwerbung. Ari kneift die Augen zusammen. Auf der Mauer gegenüber läuft eine Katze entlang. Hält inne, schaut zu Ari und setzt sich hin.

Ari schaut die Katze an. Hallo, Katze, denkt Ari und fragt sich, ob Katzen Gedanken lesen können. Die Katze schaut zurück.

»Ari!«, ruft Mama und steckt wenig später den Kopf ins Zimmer.

»Oh«, sagt sie, als sie den Koffer sieht. »Komm, hilf mal«, sagt sie, dann hievt sie mit Ari den Koffer aufs Bett.

»Auspacken schaffst du, ne?« Ari nickt. »Gut, dann pack aus, und dann gehen wir was zu essen holen.«

Mama lässt die Tür offen.

Ari schaut zum Fenster. Die Katze ist weg. Sie hört Mofageräusche.

Um das Haus herum läuft die Terrasse. Jetzt fällt Schatten auf den Tisch, der da steht. Mama packt die Tüte aus, Brot, Oliven, Käse, Tomaten, Weintrauben. Milch.

Papa kommt raus. »Ich kann keine Kaffeemaschine finden.« Papa hat eine Karaffe Wasser in der Hand, steht da.

Mama dreht sich zu ihm. »Ich guck gleich«, sagt sie.

Papa nickt. Er stellt das Wasser auf den Tisch.

Die Mofas fahren die Straße auf und ab.

Mama schaut auf die Uhr. »Haben die hier nicht Siesta?«

»Spanien«, sagt Papa.

»Das weiß ich auch!«

Mama guckt ihn an. Papa schiebt Dinge auf dem Tisch herum.

»Dann find ich halt jetzt die Kaffeemaschine«, sagt sie und geht ins Haus.

Ari steht neben dem Tisch und macht nichts.

Wieder kommt ein Mofa vorbei. Ein Junge mit Helm, einer ohne Helm hinter ihm. Der hält sich am Gepäckträger fest. Und schaut zu Ari.

Ari schiebt sich die Haare hinters Ohr.

»Gläser«, sagt Papa und geht ins Haus.

Ari schaut ihm hinterher.

Das Mofa fährt vorbei, der Junge ohne Helm hebt eine Hand und winkt Ari. Er grinst. Aris Blick klebt fest. Sie hört Lachen. Hallo, denkt Ari.

Im Haus reden Mama und Papa.

Ari schaut die Straße runter. Es bleibt still. Sie fühlt etwas an ihrer Wade, erschrickt. Die Katze reibt sich an ihr. Maunzt.

»Oh, eine Glückskatze«, sagt Papa, als er rauskommt. Er beugt sich runter, streichelt sie. Die Katze schnurrt Papa an.

»Die ist doch bestimmt total verlaust und verwurmt, die würd ich nicht anfassen«, sagt Mama. Sie stellt den Kaffee auf den Tisch.

Papa streichelt die Katze weiter. »Bist du verwurmt? Bist du verlaust? Nein, oder?«

Die Katze reckt sich nach Papas Hand, schließt die Augen.

Mama verzieht das Gesicht.

Papa steht auf, hebt die Hände und knurrt wie ein Monster.

»Wage dich!«, sagt Mama und weicht zurück.

Die Katze schaut beide an, leckt sich die Pfote und läuft dann langsam zum Oleander.

Papa jagt Mama.

Ari schaut die Straße lang. Nichts. Ari wartet.

»Nein, Achim, geh dir bitte die Hände waschen, bitte, ich finde das so ekelig!«

»Meine Güte«, sagt Papa.

Mama setzt sich hin. Papa steht hinter ihr, die Hände halb in der Luft, schaut er ihren Rücken an. Dann geht er ins Haus.

Mamas Handy piept.

Sie schaut aufs Display, kriegt zwei Furchen über der Nase.

Ari fährt mit dem Zeigefinger den Tellerrand entlang. Die Katze sitzt unter dem Oleander und schaut mit geschlossenen Augen in den Himmel. Die Luft macht ein Geräusch, das kein Motor ist.

Papa kommt zurück, dreht seine Hände vor Mamas Gesicht hin und her. Wie das Fähnchen auf dem Turme sich kann dreh'n bei Wind und Sturme, denkt Ari,

»Da, sauber«, sagt Papa.

Mama schaut ihn nicht an, guckt auf ihr Handy.

»Arbeit?«, fragt er.

Mama brummt.

Papa holt Luft.

»JA«, sagt Mama.

»ICH WEISS«, sagt sie.

Papa atmet aus, dann schenkt er die Gläser ein.

Er grinst Ari an. »Na?«

Ari macht den Arm lang, hangelt nach den Trauben. Papa schiebt ihr die Schale zu.

»Wassermelone hätten wir auch kaufen können, bei der Hitze.«

So warm ist es nicht, denkt Ari. Mama sagt nichts. Sie geht ins Haus.

»Gleich«, sagt sie im Weggehen, Papa schaut ihr hinterher.
Die Katze lauert. Papa schneidet das Brot in Scheiben.
Ari schaut zur Terrassentür, aber Mama kommt nicht
wieder.

»Der hätte mich noch drei Stunden weiter zugetextet,
wenn ich nicht irgendwann gesagt hätte, dass mein Akku
aufgibt.«
Mama steht an der Arbeitsfläche, hat die Arme ver-
schränkt. Papa trocknet einen Teller ab.
Mama reibt sich die Stirn.
»Und jetzt?«, fragt Papa
Sie zuckt mit den Schultern.
»Das können die doch nicht machen. Du hast doch
Urlaub!«
»Meine Kollegin ist gestorben, Achim!«
»Ja, sorry.«
Mamas Mund macht leise sein Sorry nach, er sieht es
nicht.
Ari sitzt auf dem Sofa. Das Sofa fühlt sich an wie ein Sack
voller Altkleider.
Ari ruckelt den Po hin und her. Zieht die Beine an. Legt
sich ein Kissen unter.
»Willst du jetzt etwa wieder heimfahren?«, fragt Papa.
»NEIN!«, sagt Mama. Sie schaut aus dem Fenster an Papa
vorbei. »Also abwarten. Wir haben hier ja WLAN.«
Papa zieht die Augenbrauen hoch und wendet sich ab
von Mama.
Ari hat ein Buch auf den Knien liegen. Sie hat eine Hand
auf die Seiten gelegt, damit es nicht wieder zuklappt.

14

Mama schaut auf Papas Rücken. Der räumt plötzlich viel weg.
Mama legt eine Hand auf seine Schulter. Dann geht sie ins Elternschlafzimmer.
Irgendwann dreht sich Papa zu Ari.
»Dann machen wir halt unser Ding, was? Strand? Wanderungen? Abenteuer!«
Ari nickt und lächelt Papa zu. Papa nickt zurück. Dann hängt er das Geschirrtuch auf.

Mama bleibt die nächste Stunde im Schlafzimmer. Ari hört ihre Arbeitsstimme durch die Tür.
Papa mischt Karten und schaut immer wieder zur Tür, dann teilt er aus. Ari legt eine Strichliste an.
»Tabula rasa«, sagt Papa. »Danke, dass du mir meine alten Schulden nicht mit in den Urlaub schleppst.«
Ari zieht die Buchstaben nach, nimmt das Lineal aus dem Mäppchen. Stifte rutschen über Stifte, eine Büroklammer fällt auf den Tisch. Ari schiebt sie zurück, zieht eine Linie unter *Ari* und *Papa*, eine zwischen sie.
Tabula rasa. Sie nimmt die Karten auf. Fängt an zu sortieren.
Papa gewinnt drei Mal, Ari zwei Mal.
»Weil ich die Katze gestreichelt habe«, sagt Papa.
Die Schlafzimmertür geht auf, Mama läuft zu Papa, umarmt ihn von hinten. Papa streichelt Mamas Unterarm.
»Können wir jetzt was essen gehen?«, fragt Mama in Papas Haare.
Papa brummt Ja.
»Und vielleicht ein bisschen Alkohol trinken?«, fragt Mama.

»Na, ich weiß nicht«, sagt Papa, und Mama beißt ihm ins Ohr.

Ari schaut auf ihr Handy. Elif hat Fotos vom Essen geschickt. Ari hat plötzlich wieder Hunger.

»Na komm, essen«, sagt Mama und sieht Ari an. Sie zieht Papa hoch, bis er steht, bis er sie noch mal in die Arme nimmt.

Ari geht in ihr Zimmer und steht ein bisschen da.

»Kommt, mach hinne, ich hab Hunger«, sagt Mama. Sie steht im Türrahmen.

Ari nimmt ihre Jacke, Labello, das Handy.

»Das muss mit, klar«, sagt Mama. Sie streicht Ari über die Haare. »War ja nur ein Scherz.«

»Du warst doch selbst eben nur am Handy«, sagt Papa.

»Ich hab doch gesagt, dass das nur ein Scherz war. Ari hat das verstanden, nicht, Ari?«

Ari nickt.

»Siehst du?« Mama schaut Papa an. »Bist du fertig? Ich schon. Und Ari auch.«

Papa schnauft. Dann nimmt er die Schlüssel, sein Portemonnaie und schiebt Mama und Ari zur Tür raus.

Die Luft ist lau, und hätte sie eine Farbe, dann wäre sie pfirsichfarben. Die Sonne schwebt über dem Horizont, als hätte sie Zeit und noch keine Lust unterzugehen.

Mamas Hand nimmt Papas Hand. Schlendern.

Ari einen halben Schritt dahinter. Die Fenster der Häuser stehen offen. Sie hört Musik, hört Unterhaltungen, die sie nicht versteht. Riecht fremdes Essen, warm.

Mama dreht sich um. »Ich hab so Hunger!« Dann knurrt sie Papa ins Ohr. Ari grinst.

»Hätteste vorhin mal was gegessen, statt zu telefonieren«, sagt Papa.

Mama schaut ihn im Weitergehen von der Seite an. Aus Schlendern wird Gehen.

Ari schaut in eine Straße, sieht einen Platz mit einem Baum, darunter eine Bank. Vor der Bank zwei Mofas, auf der Bank ein Junge ohne Helm. Schaut. Ari geht weiter und spürt ihre Ohren, ein Rauschen, kratzt sich die Nase und schaut ihren Füßen beim Gehen zu.

Drei Ecken weiter sagt Mama: »Das hier. Das sieht nett aus.«

Das Restaurant hat eine Terrasse mit Aussicht. Die Aussicht ist die Sonne, die jetzt doch langsam versinkt. Ari sieht einen Vogelkäfig am Eingang, sieht den Fink im Vogelkäfig. Fragt sich, warum sie weiß, dass das ein Fink ist.

Schwarz-Weiß-Bilder in bunten Rahmen an weißen Wänden. Musik.

Mama schaut sich um, Papa schaut sich um, dann deutet er auf einen Tisch und nickt Mama und Ari zu. Die Stühle sind laut und schwer.

Jemand macht andere Musik an. Ari macht ein Foto von der Aussicht und schickt es Elif.

Elif antwortet Herzchenaugen.

In einer Ecke zwei alte Männer, die beide Zeitung lesen. Nicht essen. Nur trinken. Reden auch nicht.

Einer der beiden schaut hoch, sieht zu ihnen, ruft laut in den Raum.

Ruft noch mal. Ari schaut und sieht eine Tür aufgehen. Ein Grinsen kommt schnell zum Tisch gelaufen. So viele Zähne, so weiß.

Mama und Papa werden auf Englisch angesprochen.
Karten werden auf den Tisch gelegt.
Mama und Papa starren auf die Zähne. Die Zähne werden
mehr und lauter. Drinks?
»Yes, please«, sagt Mama.
Das Grinsen wartet.
»Wine«, sagt Mama, »Beer«, sagt Papa.
Water für Ari. With Gas. Please.
Das Grinsen nickt und rennt zur Tür.
Die Musik wechselt mitten im Lied.
Die beiden Männer in der Ecke schauen auf den Tisch, wo
sie ihre Zeitungen ausgebreitet haben, lecken Finger an,
blättern langsam um.
Mama sucht Essen aus. Ari schaut in den Sonnenunter-
gang. Irgendwo dahinten ist das Meer. Sie hört den Fink,
der das Lied nicht kennt.

Das Essen wird bestellt. Irgendwann kommen andere
Gäste. Mama sagt: »Ich hab schon gedacht, wir hätten das
schlechteste Restaurant am Platz ausgesucht, weil hier
niemand außer uns ist.«
»Die Deutschen essen sehr früh zu Abend«, sagt Papa. Er
schaut auf sein Handy. Mama legt ihm eine Hand auf den
Arm. Papa schaut weiter auf sein Handy und legt eine
Hand kurz auf ihre.
Ari schiebt Dinge auf dem Tisch zurecht. Den Pfeffer zum
Salz. Sie ordnet die Zahnstocher wie Blumen in einer
Vase. Streicht über ihr Wasserglas, zieht eine Spur. Kon-
densstreifen, denkt Ari.
Das Grinsen kommt mit Tellern auf Armen, verteilt sie
auf dem Tisch, redet viel.

Nennt Ari Little Miss. Nennt Mama Pretty Lady. Nennt Papa Mister und Sir.

Mama lächelt schief.

Papa nickt und schweigt, das Grinsen grinst nur noch und geht zu den anderen Tischen. Ari schaut an Mama vorbei, sieht nur Erwachsene, keine Kinder. Mama greift in den Brotkorb, nimmt sich eine Scheibe, reißt sie kleiner, stopft sie sich in den Mund. Sie stöhnt und kaut.

Papa schaut zu ihr und grinst. »Besser?«

Mama nickt.

Ari isst und hört der Musik zu. Denkt, vielleicht hat die Musik auch eine Farbe. Der Himmel schimmert. Ari würde gerne malen. Ari würde gerne malen können.

Mama hebt ihr Glas, Papa hebt seins, dann schauen beide Ari an.

Ari nimmt ihr Wasser und stößt an.

»Auf uns«, sagt Mama.

»Auf uns«, sagt Papa.

Ari stellt das Glas ab, ohne zu trinken, und schaut zum Himmel, der langsam dunkel wird.

Mama hat sich bei Papa untergehakt. Ari lauscht in die Nacht.

»Soll ich dir was singen?«, fragt Papa.

»Meine persönliche Jukebox«, sagt Mama und schwankt.

»Alles, nur nicht *Griechischer Wein.*«

»Ich bitte dich, was denkst du denn von mir?«, fragt Papa.

Mama bleibt stehen und tippt ihm auf die Brust.

»Dir trau ich alles zu!« Dann sieht sie Ari und legt ihr einen Arm um die Schulter.

Papa vergisst das Singen und steckt die Hände in die Taschen.

Die Straßen haben einen Klang, den Ari mag. Katzen huschen. Vögel in den Bäumen, den Büschen. Offene Küchenfenster.

Aris schwere Füße.

»Gleich sind wir daheim«, sagt Mama, »ist ja alles ganz nah beieinander«, sagt sie.

»Schau«, sagt Papa und zeigt zum Haus im Dunkeln. Ari dreht sich um, während Mama und Papa die Stufen hochgehen, aber da ist nichts.

»Komm«, sagt Mama und hält die Tür auf.

Wie das Leitungswasser schmeckt. Wie die Glühbirne im Badezimmer klingt beim Leuchten. Wie das Bett knarzt, wie das Bettzeug riecht und auf der Haut ist.

Die Dunkelheit, als Mama das Deckenlicht ausmacht, die Zimmertür schließt, Gute Nacht sagt. Wie Ari einschläft, wenn sie woanders ist.

DIENSTAG

Es ist hell. Zu Hause ist es nicht hell. Zu Hause ist es
morgens erst hell, wenn Ari die Rollläden ratternd hoch-
zieht. Ari ist nicht zu Hause. Es ist hell. Es ist Morgen.
Ari blinzelt sich zurecht, lehnt sich auf die Unterarme
und schaut durchs Fenster zum blauen, blauen Him-
mel.
Ari setzt sich auf, reibt sich die Augen, greift nach dem
Handy und hat zwei Sprachnachrichten, Fotos. Das
Handy verbindet sich nicht mit dem WLAN.
Ari schreibt:
*Kann gerade deine Sprachnachricht nicht laden. WLAN
wackelt.*
Elif schickt ein Schulterzucken, dann ein Küsschen.
Guten Morgen.
Von der Küche vor Aris Zimmertür kommen Geräusche.
Ari schaut zur Tür und steht nicht auf. Ari ist still. Eine
Hand auf der fremden Bettdecke (gelbes Blättermuster
auf Weiß, wie Kartoffeldruck, nur hübscher), eine in
den Haaren, dreht eine Haarsträhne zu einem Strang,
streicht ihn glatt, zwirbelt, ohne zu merken, dass sie das
macht.
Ein kleines Seufzen, ein viertel Schluckauf, dann schlägt
Ari die Decke zurück, setzt sich auf die Bettkante, wartet,
lauscht, riecht (Kaffee und Toast), ein Ruck, und sie steht
und geht und macht die Tür auf und ist mitten im Frühstück.

Die Eltern schauen sie an, Mama vom Tisch aus, Papa
dreht sich um, steht an der Anrichte. Zwei Lächeln.
Guten Morgen.
Ari geht zum Tisch, barfuß auf den Steinplatten. Mama
zieht sie zu sich.
»Arilein, mein Herzenskind«, sie drückt sie, küsst sie auf
die Schläfe und wiegt sie ein bisschen.
Ari lehnt sich an Mama an und will die Augen wieder
zumachen.
»Hast du gut geschlafen? Hast du geträumt?« fragt
Mama.
»Oooh, geträumt, da fällt mir ein!«, ruft Papa. Er hat
einen Pfannenwender in der Hand. Ari sieht Eier in einer
Pfanne, zwei gelbe Sonnen auf weißem Himmel, Papa
denkt nach, dreht sich um und zeigt mit dem Pfannen-
wender auf Mama.
»Weißt du, von wem ich geträumt hab? Das rätst du im
Leben nicht.«
»Na?«, fragt Mama.
»Von der ... Pampelmuse? Hieß die so? Diese Freundin
von dir?«
Mama schiebt Ari ein Glas Wasser hin. Ari trinkt.
»Wovon redest du denn?«, fragt Mama.
»Na, diese Freundin, mit der du damals immer rumge-
hangen hast, als wir uns kennengelernt haben, wie hieß
die denn?«
»Bestimmt nicht Pampelmuse«, sagt Mama.
Ari steht auf von Mamas Schoß und setzt sich auf den
anderen Stuhl.
»Aber so ähnlich!« Papa legt den Pfannenwender an die
Lippen. Mama trinkt von ihrem Kaffee und schüttelt

leicht den Kopf. Ihr Handy brummt, sie schaut drauf, runzelt die Stirn.

Ari muss aufs Klo.

Dann wäscht sie sich die Hände. Spritzt sich Wasser ins Gesicht. Schaut in den Spiegel über dem Waschbecken. Mama und Papa reden, was, kann Ari im Bad nicht hören.

Als sie sich wieder an den Küchentisch setzt, starren sich Mama und Papa an. Irgendwann sagt Mama. »Ja, ist jetzt so, ich kann's nicht ändern.«

Papa guckt, dann nimmt er die Pfanne und lässt die Eier auf einen Teller gleiten.

Den stellt er Ari hin. Ari fragt sich, ob sie Eier essen mag. Im Brotkorb ist das Brot von gestern, in Scheiben geschnitten und getoastet. Ari trink ihr Wasser. Papa legt die Pfanne in die Spüle. Laut.

»Ari, was willst du denn machen?«, fragt Mama.

Ari zuckt mit den Schultern und nimmt sich ein Brot.

»Ihr könnt ja ans Meer fahren. Oder bummeln gehen«, sagt Mama.

Papa lässt Wasser in die Pfanne laufen, gibt im hohen Bogen Spüli obendrauf.

Mama schaut von Papa zu Ari, dann streicht sie Ari über die Haare, nimmt ihr Handy und geht ins Schlafzimmer. Schließt die Tür hinter sich.

Papa steht am Spülbecken. Dann dreht er sich um.

»Meer klingt gut, oder?«, fragt er.

Ari nickt langsam. Dann beißt sie vom Brot ab.

Papa hat nur ein Handtuch unterm Arm. Ari schaut ihn an. »Fertig?«, fragt er und blickt auf sein Handy.

Ari geht ins Bad, holt noch ein Handtuch, nimmt die Sonnencreme von der Badewanne, schaut sich um, denkt nach. Zurück in die Küche, wo Papa steht, wo Papa genauso steht, wie er das eben getan hat, Blick aufs Handy, scrollt, wartet. Ari füllt ihre Wasserflasche, schraubt sie zu, dreht sie auf den Kopf, nichts läuft raus. Ari steckt die Flasche in den Strandbeutel, zur Matte, zum Handtuch, zu Sonnencreme, Handy und Buch. Papa schaut auf.

»Wie deine Mutter«, sagt er und schüttelt den Kopf.

Er nimmt den Schlüssel und sagt Mama nicht Tschüs. Ari steht eine Sekunde länger da, schaut die Tür zum Schlafzimmer der Eltern an, dann geht sie Papa hinterher.

Als Ari am Auto steht, streicht ihr die Katze um die Beine.

Ari geht in die Hocke, streichelt der Katze den Kopf, krault sie hinter den Ohren, unterm Kinn. Die Katze brummt. Ari hört das Türschloss, hört, wie Papa den Wagen anlässt. Die Katze macht einen Satz unter die Hecke.

Ari schaut ihre Hand an, dann wischt sie sie am Rock ab. Steht auf und öffnet die Tür.

Papa macht das Radio an und sucht nach einem Sender. Jedes Mal, wenn jemand redet, drückt er wieder auf Sendersuche.

Als ein Lied kommt, dreht er lauter, legt den ersten Gang ein und fährt los.

Papa summt das Lied mit. Ari kennt es nicht.

Sie schaut raus. Klimaanlage ist an. Ari bekommt Gänsehaut.

24

Der Wagen lässt das Dorf hinter sich. Sie fahren den Hügel hinab.

»Von mir aus können wir das jetzt jeden Tag machen«, sagt Papa.

»Deine Mutter will ja immer Kultur. Mir reicht das. Strand, Meer, Sonne. Nachher gehen wir was essen. Das wird schön. Hast du dir was zu lesen mitgenommen?« Er schaut Ari von der Seite an. Ari nickt. Papa strubbelt ihr durch die Haare. »Natürlich. Meine kleine Leseratte. Ganz der Papa, was?«

Ari zieht die Mundwinkel hoch. Papa dreht die Musik lauter.

Papa sucht einen Parkplatz. Papa versucht so nahe wie möglich ans Meer zu kommen.

Der Parkplatz am Strand ist voll. Papa flucht und kurbelt das Lenkrad mit beiden Händen. Ari hält die Luft an. »So eine Scheiße«, sagt Papa. Ari atmet leise aus. Sie schaut aus dem Fenster.

Papa kurvt durch die Straßen und flucht weiter. »Können alle nicht parken!«

Irgendwann landen sie auf einem anderen Parkplatz. Papa schnauft. Dann macht er den Wagen aus.

Ari nimmt ihre Tasche und steigt aus. Sie setzt sich die Sonnenbrille auf. Papa steckt den Schlüssel in die Hosentasche und macht eine Handbewegung. Ari folgt ihm. Auf dem Weg zum Strand kauft Papa noch eine Zeitung und einen Kaffee.

»Du hast alles?«, fragt er Ari. Die nickt.

Papa zahlt.

Dann stehen sie am Strand.

»Haben die denn alle kein Zuhause?«, murmelt Papa.
Ari guckt Papa an, der inzwischen auch die Sonnenbrille aufhat.
Er schüttelt den Kopf. Ari geht vor, findet einen Platz, wo sie ihre Tasche abstellt und sich nach Papa umsieht. Er folgt langsam. Steht da und guckt weiter den Strand auf und ab. Dann zuckt er mit den Schultern.
»Morgen suchen wir uns einen Strand nur für uns. Nicht so touristisch.«
Er rutscht aus den Schlappen, legt sein Handtuch neben Aris Bastmatte und setzt sich im Schneidersitz obendrauf. Papa steckt den Kaffeebecher in den Sand und zieht sein Hemd aus.
Papas weißer Oberkörper. Ari guckt weg und fängt an, ihre Sachen auszupacken. Dann zieht sie sich bis auf den Bikini aus. Dann cremt sie sich mit Sonnencreme ein. Dann hält sie Papa die Sonnencreme hin. Papa schüttelt den Kopf. »Brauch ich nicht.«
Ari packt die Sonnencreme wieder ein. Papa sitzt da, hat die Zeitung vor sich ausgebreitet und trinkt nebenbei den Kaffee in kleinen Schlucken. Ari legt sich auf den Bauch und schlägt ihr Buch auf.
Das Meer rauscht und klatscht an den Strand. Ari hört Kinder und Autos und dann eben das Meer und Menschen, die sich unterhalten, Radio, hört Geschirr und Klappern aus dem Restaurant, das wenige Meter weiter liegt. Ari liest, und alles wird stiller, wird Hintergrund. Irgendwann merkt sie, wie warm ihr Rücken ist. Sie dreht sich und versucht auf dem Rücken zu lesen, das Buch mit ausgestreckten Armen über ihr, wie ein dämlicher Sonnenschirm. Das geht nicht. Ari setzt sich hin, versucht

Schneidersitz, versucht es mit angewinkelten Beinen, stützt die Arme auf den Knien ab.

Sieht über den Buchrand hinweg das Meer. Ari legt ihr Lesezeichen zwischen die Seiten, legt das Buch beiseite. Die Sonnenbrille obendrauf.

Papa liest, und Ari geht den Strand runter, zum Wasser. Ari blinzelt. Das Wasser glitzert, funkelt. Durch die halb geschlossenen Augen blinkert das Meer Ari zu. Ein Schatz. Ari steht schon mit den Zehen im Wasser, geht weiter, keine Gänsehaut, aber Salz in der Luft. Ari schmeckt das Salz im Mund, in der Nase, als würde es den Gaumen hinabrieseln.

Ari geht weiter und schaut nach unten, das Wasser so klar, so klar ist Glas nicht, denkt Ari. Und denkt, vielleicht ist Elif auch gerade im Meer. Vielleicht steht sie auch da und kleine Partikel von Elif schwimmen durchs Meer zu Ari und kleine Teilchen von Ari zu Elif. Ari weiß nicht, ob das möglich ist, aber schön wäre das. Ari geht weiter, das Wasser schwappt um die Knie, die Oberschenkel, irgendwann steht Ari bauchnabeltief im Wasser und schwingt mit der Strömung hin und her, dann macht sie die Augen zu und springt nach vorne.

Aris Körper ist ein Fließen. Ein Driften. Ari schwimmt, taucht, dreht sich auf den Rücken, als der Strand weiter weg ist, als die Menschen am Strand kleiner werden und das Schreien der Kinder nur noch ein Gurgeln. Ari liegt rücklings auf dem Wasser und lässt sich tragen. Es plätschert in ihren Ohren. Ohrmuscheln, denkt sie, und die Arme machen ein paar Schwimmzüge kopfüber. Der Himmel singt, so blau ist der. Nicht auszuhalten ist das.

Ari treibt auf dem Meer wie ein Boot. Wenn sie nicht auf-
passt, treibt sie vielleicht bis … Italien? In die Türkei? Ari
schwimmt auf der Stelle und schaut zum Strand. Sieht
Papa, wie er am Wasserrand steht und winkt. Ari winkt
auch und schwimmt zurück zum Strand.
Da steht Papa immer noch, als Ari wieder Boden unter
den Füßen hat, nicht mehr schwimmt, sondern geht.
»Ich geh jetzt mal in das Restaurant da, mir ist das zu
warm. Magst du mitkommen?«
Ari hält den Kopf schräg, weil sie Wasser im Ohr hat.
»Oder du bleibst halt noch am Strand. Kannst ja nachkommen, wenn du magst, bin ja in Rufweite, ne?«
Ari und Papa laufen zu Aris Lager, Papa hat schon die
Zeitung zusammengefaltet, zieht sich sein Hemd über,
aber er macht die Knöpfe nicht zu.
Papa zeigt noch mal in Richtung Restaurant und Ari
nickt, dann geht Papa. Ari trocknet sich ab und sieht, wie
Papa sich im Schatten auf der Terrasse einen Platz sucht,
zu ihr schaut, die Hand hebt, ihr winkt und sich dann
setzt.
Ari setzt sich wieder auf die Matte. Wringt das Wasser
aus den Haaren, versucht die Haare mit den Händen
durchzukämmen. Geht nicht.
Ari legt sich auf den Bauch. Versucht zu lesen. Schaut auf
ihr Handy, aber nichts von Elif. Ari macht ein Foto und
kann es nicht sehen, weil es zu hell ist, auch mit Sonnenbrille.
Ari nimmt wieder das Buch und liest.
Die Sonne schleicht über den Himmel. Ari schwitzt.
Sie setzt sich auf und überlegt, ob sie ihre Sachen allein
lassen kann. Ari nimmt ihr Handy, lässt den Rest liegen

und geht zum Restaurant, in dem Papa immer noch im Schatten sitzt und nicht schwitzt. Ari sieht, dass Papas Nase und Stirn rot sind. Papa schaut hoch, Ari legt ihm das Handy hin und will schon wieder zum Wasser, da sagt Papa, dass sie später hier zusammen essen können. Das Restaurant ist jetzt voller. An den Tisch neben Papa setzt sich eine Frau in buntem Kleid mit einem kleinen Jungen. »Geh erst mal schwimmen«, sagt Papa und schickt Ari los.

Ari hört, wie die Frau zu Papa »Oh, Deutsche« sagt.

Ari dreht sich nicht mehr um. Der Junge ruft, dass er ein Eis will.

Ari springt sofort ins Wasser, schwimmt raus und treibt und schwimmt und tritt Wasser. Ari schaut in Richtung Horizont. Ein bisschen weiter rechts liegt die nächste Insel. Ari fragt sich, ob man da hinschwimmen kann. Bestimmt. Ari fragt sich, ob sie das könnte. Und wie sich ertrinken anfühlt. Ari guckt wieder zum Strand und will noch nicht aus dem Wasser. Ari schwimmt, bis ihr nichts mehr einfällt, bis ihr langweilig wird. Dann versucht sie mit so wenigen Schwimmzügen, wie es geht, ans Ufer zu kommen. Im flachen Wasser schaut sie den Kindern zu, wie sie durch Wellen tauchen. Burgen bauen. Der Sand ist heiß. Ari läuft schnell zu ihrer Matte. Trocknet sich ab und packt ihre Sachen ein. Sie knödelt die nassen Haare zusammen und zieht sich das Kleid über den nassen Bikini. Dann nimmt sie ihre Tasche und geht zum Restaurant.

Papa redet mit der Frau am anderen Tisch. Der Junge hat ein Getränk vor sich stehen und will immer noch ein Eis. »Nicht jetzt«, sagt die Mutter.

Dann dreht sie sich wieder zu Papa.

»Und das ist die Tochter?«, fragt sie Papa.

Ari setzt sich mit dem Rücken zu der Frau und stellt ihre Tasche neben sich ab. Dann nimmt sie ihr Buch. Papa schiebt seinen Stuhl ein wenig zur Seite und redet an Ari vorbei.

Ari lehnt sich auf den Plastiktisch und schlägt das Buch auf.

Papa starrt Ari an und macht eine Kopfbewegung, die die Frau nicht sieht.

Ari setzt sich einen Stuhl weiter. Die Frau schaut sie an und sagt Hallo. Ari nickt ihr zu und holt ihre Wasserflasche aus der Tasche, trinkt große Schlucke.

Die Frau ist jedes Jahr mehrere Monate hier, sagt sie.

»Solange der Kleine noch nicht in die Schule muss.« Sie strubbelt dem Jungen durch die Haare. Der Junge sagt »Neiiiinnn«.

Papa fragt Ari, ob sie schon Hunger hat.

Ari schüttelt den Kopf.

»Magst du ein bisschen bummeln gehen?«, fragt Papa. Papa will sitzen bleiben. Papa hat sich verbrannt und meidet jetzt die Sonne. Papa hat sich gerade ein neues Getränk bestellt.

Ari hat kein Geld. Papa zieht sein Portemonnaie aus der Hosentasche und gibt Ari zwei Scheine. Ari merkt, dass die Frau sie beobachtet.

»Nicht alles auf einmal ausgeben«, sagt Papa.

Ari guckt ihn nur an, dann nimmt sie ihr Handy, legt Matte und Handtuch neben Papa auf den Stuhl, steckt Handy und Buch in die Tasche.

»Wenn was ist, ruf an. Ansonsten bin ich hier.«

Papa schaut zum Nachbartisch.

Ari setzt sich die Sonnenbrille auf und läuft los.

An der nächsten Ecke schaut sie auf ihr Handy. Macht einen kleinen Hüpfer und einen kleinen Ton, als sie sieht, dass es freies WLAN gibt.

Ari findet einen Platz mit großen Bäumen, die breiten, rauschenden Schatten spenden. Sie setzt sich auf eine Mauer, zieht die Beine an und lädt die Sprachnachricht von Elif. Sie hört sie ab, liest die Nachrichten, die sie seit heute früh bekommen hat. Lächelt und hört die Sprachnachricht noch mal ab.

Schreibt

Du fehlst mir.

Du fehlst mir noch viel, viel mehr!

Ari fängt eine Sprachnachricht an und verwirft sie gleich wieder. Dann drückt sie wieder auf Aufnahme und lässt einfach laufen.

»Ich bin hier in so einer kleinen Stadt am Meer, da wohnen wir gar nicht. Papa und ich waren am Strand und jetzt lauf ich ein bisschen rum. Es ist so langweilig. (...) Aber es ist schön hier. Und ich war im Meer. (...) Es ist so heiß.«

Ari hört Mofageräusche, und das Handy nimmt auf, während sie die Straße runterschaut und zwei Jungs auf einem Mofa sieht. Einer mit, einer ohne Helm.

Ari bleibt sitzen und nimmt auf, und das Mofa wird langsamer. Der Junge ohne Helm springt ab und klopft dem mit Helm auf die Schulter. Der fährt weiter. Der Junge lächelt und kommt näher. Ari schaut ihr Handy an. Dann stoppt sie die Aufnahme und schickt sie los.

Hält das Handy weiter in der Hand, sieht, die Nachricht ist zugestellt, hört Schritte, die über Kies laufen. Ein Knirschen. Sie sieht zwei Füße vor der Mauer, weiße Stoffturnschuhe ohne Schnürsenkel.

»Hi!«

Ari sieht abgeschnittene Jeans, graue Knie darunter, zwei Hände in zwei Hosentaschen, ein hellblau verwaschenes T-Shirt. Kein Aufdruck, einfach nur ein Shirt. Ein Hals. Ein Gesicht. Zähne und Grübchen. Augen. Wimpern. Sehr viel Augenbraue.

»Español?«, fragt er.

Ari schüttelt den Kopf.

»English?«

»German«, sagt Ari.

»Aaah, German! Doitsch!«, sagt er und fährt sich mit einer Hand durch die Haare, dann zeigt er auf sie. »Börlin! Mjüünschn?«

»No«, sagt Ari, kann nicht erklären, wo sie herkommt. Kleinstadt.

»Nice«, sagt er und grinst, wippt auf den Füßen vor und zurück, als wäre Ari eine Melodie, zu der er tanzt.

Ari nimmt eine Haarsträhne zwischen die Finger und merkt es sofort. Sie lässt die Haare los und setzt sich auf ihre Hände. Sie schaut die Straße runter.

»What's your name?«, fragt er.

»Ari«, sagt Ari zu schnell.

»Ari?«

»Ariadne«, sagt sie. Sie sieht, wie er ihren Namen tonlos nachspricht.

»Is different in Greek«, sagt er.

»Is Ereanne«, sagt er, glaubt Ari. Vielleicht hat sie ihn auch nicht verstanden.

Das Mofa kommt um die Ecke und der Junge dreht sich um. Der Fahrer ruft ihm was zu, der Junge antwortet. Das Mofa hält vor ihnen. Der Junge mit dem Helm schaut Ari nicht an, redet laut über das Knattern des Motors hinweg. Ari schaut woandershin.

»I have to go«, sagt der Junge. »Bye, Aaaariiii!«

Er schwingt sich hinter den Fahrer, der schon dabei ist loszufahren. Der Junge winkt. Dann sind sie weg.

Ari sitzt da. Sie zieht ihre Hände wieder unter ihrem Hintern hervor.

Ari macht den Chat mit Elif wieder auf. Dann hört sie sich ihre letzte Nachricht an. Hört das Mofa und ihr wird irgendwie neu. Ari muss lächeln.

Ari sitzt da ein Weilchen, dann steht sie auf, geht weiter, stromert durch Gassen. Es ist nach Mittag. Ari holt sich ein Eis und läuft weiter. Papa schreibt nicht, Elif schreibt nicht. Ari läuft und schaut sich alles genauer an. Sie wirft den Eisstiel in den Müll, dann geht sie ins nächste Geschäft. Ari sieht Armbänder, Anhänger. Make-up. Ari nimmt ein kleines Armband, geflochten aus gelben und pinken und orangen Fäden. Eine kleine grünblaue Perle. Ari legt es sich lose an. Nickt sich selbst zu und trägt es zur Kasse.

An der Kasse stehen Tuben mit Lipgloss. Erdbeere, Himbeere, Kirsche, Mango, Melone.

Ari lässt ihren Finger über die Tuben gleiten. Ene, mene, miste. Melone. Die Frau hinter der Kasse lächelt Ari zu, steckt beides in eine kleine Papiertüte, aber Ari schüttelt den Kopf, »No«, sagt sie und die Frau hält inne. Ari greift nach dem Armband. Die Frau lächelt wieder, geht um die Kasse zu Ari und bindet ihr das Armband ums Handgelenkt. Ari sagt Danke und versucht es auf Griechisch. Die Frau lächelt breiter und wiederholt das Wort. Dann gibt sie Ari den Lipgloss in die Hand. Ari geht raus, läuft ein bisschen weiter und bleibt dann an einem Schaufenster stehen. Sie schraubt die Tube auf und gibt ein bisschen Gloss auf ihre Lippen. Verteilt es. Melone. Ari schaut sich im Schaufenster an, macht die Haare auf und schüttelt sie.

Ari denkt, das könnte jemand anders sein. Nicht Ari. Denkt kurz »Schön«. Fühlt sich ertappt.

Aris Handy brummt, Papa schreibt, dass Ari zurückkommen soll. Er will jetzt essen.

Ari antwortet und macht sich auf den Weg.

Als Ari am Restaurant ankommt, verabschiedet sich die Frau von Papa. Sie hat den Jungen auf dem Arm. Der Junge reibt sich die Augen und redet leise vor sich hin. »Müde«, sagt die Frau. Dann geht sie.

Papa schaut ihr ein bisschen hinterher. Dann guckt er Ari an. Fragt, ob sie Spaß hatte, ob sie noch Geld übrig hat, schiebt ihr die Speisekarte hin und sagt, dass sie auch hier essen können. »Sieht doch ganz okay aus, oder?«, fragt Papa. Ari öffnet die Speisekarte. Papa winkt der Kellnerin. Bestellt Wasser und Essen. Sagt, er hat viel zu viel Kaffee getrunken.

Sein Blick bleibt an der Zeitung hängen, die immer noch vor ihm auf dem Tisch liegt. Er nimmt seine Speisekarte, die von Ari, und legt sie auf den Tisch nebenan. Er lächelt Ari zu, dann liest er einen Artikel. Ari greift in ihre Tasche und zieht das Buch heraus.

Ari und Papa essen zu Mittag.

Papa schaut zum Strand beim Kauen.

»Heute Abend kochen wir für Mama«, sagt er irgendwann. »Wir gehen dann gleich einkaufen. So richtig. Das war ja gestern nichts.«

Ari kaut und nickt. Papa nickt auch. Nach dem Essen muss er dann aber doch noch einen Kaffee trinken. Ari trinkt ihr Wasser und schaut aufs Meer.

»So!«, sagt Papa irgendwann, dabei steht er auf, schiebt den Stuhl quietschend nach hinten. Er geht zu der Kellnerin, die hinter dem Tresen steht. Zahlt. Winkt Ari.

Sie gehen in Richtung Auto. Papa flucht. Die Hitze. Reibt sich Stirn und Nacken.

Dann springt er in einen Laden. Wenig später kommt er mit einer Baseballmütze wieder.

Er setzt sie auf und grinst Ari an. »Gut, ne?«

Ari zuckt mit den Schultern. Papa schubst sie leicht an.

»Komm, die ist super! Oder schämst du dich etwa für mich?« Papa schaut sich in einem Schaufenster an und schiebt die Mütze zurecht. »Mann, seh ich guuut aus!«

Papa lacht und legt den Arm um Aris Schultern.

Es ist zu warm für Arm um Schultern, denkt Ari, aber sie sagt nichts. Papas Arm rutscht nach einigen Metern von allein wieder von ihr ab. Papa hat immer noch sein Hemd offen.

Sie kommen zum Auto, das in der prallen Sonne steht. Als sie die Türen öffnen, ballt sich die Luft aus dem Innenraum wie eine Faust. Ari macht einen Schritt zurück.

»Geht gleich«, sagt Papa und steigt ins Auto. Startet den Motor und macht die Klimaanlage an.

Als Papa das Lenkrad anfasst, flucht er. Ari sitzt neben

ihm und macht die Beifahrertür zu. »Vorsicht mit dem Gurt«, sagt Papa.

Alles ist Lava, denkt Ari.

Langsam wird die Luft kühler. Papa fährt los. Muss gar kein Navi anmachen, fährt einfach. Fragt auch nicht nach dem Weg. Papa fährt und eine Viertelstunde später steht das Auto auf dem Parkplatz vor einem großen Supermarkt.

»So, raus in die Hitze«, sagt Papa, dann macht er mit einem Ruck die Tür auf und steigt aus dem Auto.

Auf dem Weg über den Parkplatz greift Papa nach seinem Handy, ruft Mama an.

»Wir gehen jetzt einkaufen«, sagt er. »Was brauchst du?«

Dann brummt er, schreibt sich aber nichts auf. Womit auch, denkt Ari.

»Okay«, sagt Papa irgendwann und »Bis später«.

Schiebetüren öffnen sich vor Ari und Papa. Aus Sonne wird Neonröhre. Die Temperatur fällt. Papa deutet und Ari holt einen Einkaufswagen.

Hierbleiben, denkt Ari. Weil es kühl ist, weil es ist, als würde Aris Körper ein klein wenig aufatmen. Seufzen. Ach ja, fein, sagt Aris Körper, denkt sie. Ari schüttelt den Kopf und hofft, dass hier niemand Gedanken lesen kann.

Papa läuft durch den Laden mit Händen in den Taschen. Sagt »Brot brauchen wir«, als sie beim Brot stehen, und sucht Brot aus. Sagt »Käse brauchen wir«, als sie in der Käseabteilung sind. Butter brauchen sie, Öl, Obst brauchen sie, Gemüse, Papa denkt, dass sie Fleisch brauchen, Ari schüttelt den Kopf. Fisch? Auch nicht. Sie brauchen

Wein. Sie brauchen Milch und Kaffee. Marmelade und
Honig. Und Salz und Pfeffer. Kräuter. Chilischoten.
Schokolade und Chips. Klopapier. In jedem Gang ist was,
was sie brauchen. Sie brauchen alles, denkt Ari. Vielleicht
bleiben wir hier auf der Insel, fahren nie wieder heim,
und niemand hat mir Bescheid gesagt, denkt Ari.
Ein paar Sekunden lang traut sie das ihren Eltern zu.
Dann schiebt sie den Wagen weiter. Nüsse brauchen sie
auch noch. Zwei kalte Getränke für den Heimweg.
Ari drückt den Wagen die letzten Meter zur Kasse.
Ari und Papa laden den Einkauf auf das Band, schieben
schnell den Wagen nach vorne, als sie dran sind, legen
die Sachen zurück in den Wagen. Tüten, fällt Papa ein.
Er kauft welche, bezahlt. Ari lädt weiter ein und fängt an,
den Einkauf in Tüten zu sortieren.
Papa schiebt Ari und den Wagen weiter an den Rand, sie
schweigen und packen die Tüten voll.
»Sitzt, passt, wackelt und hat Luft«, sagt Papa, weil er das
immer sagt. Ari lächelt ihn an.
Zurück zum Auto.
Sie haben das Auto vollgeladen, Papa hat den Einkaufswagen zu anderen gestellt, die Klimaanlage streckt dem
Sommer draußen die kalte Zunge raus.
Sie fahren zurück. Ari macht die Augen zu und Papa lässt
sie. Radio. Die Klimaanlage und Musik und Reifen auf
Asphalt. Aris Kopf, der in den Kurven mitgeht. Nicht ein-
schlafen, denkt Ari. Nicht einschlafen.
Ari wacht auf, als Papa den Kofferraum öffnet. Sie reibt
sich die Augen, löst den Gurt und steigt aus dem Wagen.
Lange kann sie nicht geschlafen haben. Ari schaut sich
um. Sieht Mama am Ende der Terrasse mit Kopfhörern

sitzen, Laptop vor sich, die Katze liegt ihr zu Füßen und schwingt mit dem Schwanz hin und her.

Papa sieht Ari und folgt ihrem Blick. Lächelt. Papa nimmt die meisten Tüten. Ari zieht die Tasche aus dem Wagen, geht zum Kofferraum, nimmt die restlichen Tüten und bekommt auch noch den Kofferraum zu.

Mama dreht sich nicht um.

Papa öffnet die Haustür, stellt die Tüten auf den Küchentisch und geht raus zu Mama. Ari bleibt in der Küche stehen. Hat die Tüten in der Hand. Stellt sie zu den anderen, wartet eine Sekunde, ob was rutscht, ob was fällt. Dann geht sie raus zu den Eltern.

Papa steht hinter Mama und hat sie umarmt, Mama streichelt Papas Unterarme. Die Katze blinzelt zu den beiden hoch. Ari steht da und ist eine zu viel. Dann geht sie zurück in die Küche.

Sie hört die Eltern draußen reden, zu leise, um zu verstehen, was sie sagen. Ari fängt an, die Tüten auszupacken, und wartet dabei auf Papa, auf Mama. Keiner kommt.

Ari verstaut den Einkauf in Küchenschränken, im Kühlschrank, legt das Obst in eine Schale auf dem Küchentisch, wickelt das Brot in ein Küchentuch.

Dann sind die Tüten leer und sie steckt alle in eine und stopft sie ins Fach unter der Spüle.

Ari geht in ihr Zimmer. Schließt die Tür. Das Fenster steht offen und sie kann immer noch die Eltern hören.

Ari macht das Fenster und dann auch noch die kleinen Vorhänge zu. Filtert den Nachmittag durch gelbes Leinen.

Sie steht da und schaut, wie gelb alles ist. Honiglicht. Ari macht ein Foto. Nur für sich.

Das Handy vibriert, lädt eine Sprachnachricht. Ari sieht, dass das WLAN jetzt funktioniert.

Steckt sich die Kopfhörer in die Ohren.

»Hiiiiiii, Ari, du, ich war bis jetzt eben mit meiner Familie auf einem Ausflug, deswegen meld ich mich erst jetzt, sorry. Das war sooo cool, weil ich nur mit meinen Cousinen unterwegs war. Nasra hat uns einfach eingepackt, die hat ein Auto, und dann ist ihre Freundin auch noch mitgefahren, und wir waren dann zu ... siebt, glaub ich. Aber dann im, also, wir sind dann in so ein Schwimmbaddingens gefahren, weißte, so mit tausend Rutschen und so. Und da waren dann auch noch Freundinnen von Nasra, ey, nur Frauen, das war soo cool, die waren soo cool, voll ... also, so erwachsen und auch hot und so klug auch. Die studieren alle und haben Jobs und so. Und die waren so nett. Auch zu mir, dabei bin ich doch immer die Kleinste, aber die haben mich ganz normal behandelt, weißte, so als wäre ich genauso alt oder so. Und weißt du, was ich total krass fand? Die waren auch nett zueinander. Also, die haben, glaub ich, auch gar nicht gelästert oder sich gegenseitig fertiggemacht. (...) Warte mal, meine Mutter ruft.«

Ari sieht, dass Elif noch online ist. Dann fängt Elif eine neue Sprachnachricht an.

Ari wartet.

»Jedenfalls hab ich gedacht, wenn mich noch mal jemand fragt, was ich werden will, wenn ich erwachsen bin, dann sag ich, wie Nasra. Ist mir scheißegal. Wie die und ihre Freundinnen. Und weißte, da war auch kein Kerl dabei, und die haben sich auch nicht die ganze Zeit über Typen unterhalten oder so, sondern über Serien und das

Studium und über Urlaub. Die fahren nämlich im August alle zusammen in Urlaub. So cool. Ari, das machen wir auch. Ey, können wir das nicht eh jetzt schon machen? Franzi fährt doch auch immer auf irgendwelche Jugendcamps oder so. Oder ist die Pfadfinderin? Oder in der Kirche? Meinste, wir können das auch machen? So ohne Eltern? Maaaann, meine Mutter ruft schon wieder, die Frau macht mich wahnsinnig!!«

Ari legt sich auf ihr Bett. Denkt sich aus, wie sie sein könnte. Überlegt sich eine Ari, die ein bisschen älter ist und nicht mit ihren Eltern in den Urlaub fährt. Denkt sich Ari und Elif zusammen an den Strand von heute, ohne Papa im Restaurant.

Einfach nur Elif und Ari.

Handy.

»Ey, ich hab jetzt mal Mama gefragt, ob ich das machen könnte, so auf eine Jugendfreizeit oder Camp, oder wie das heißt, fahren. Mit dir, klar. Und Mama sagt, dass wir darüber zu Hause noch mal reden, ABER SIE HAT NICHT NEIN GESAGT! HA!« Ari hört noch ein Kichern. Und dann ist Elif offline.

Ari lauscht nach draußen, vors Fenster, vor die Tür. Dann nimmt sie eine Sprachnachricht auf.

»Oh, wäre das schön! Oh, das wäre so schön! Ja, lass uns das machen. Lass uns einfach nie wieder mit den Eltern in Urlaub fahren, sondern immer zusammen. Und wenn wir dann Auto fahren können, dann … das wird soo cool. Ich war heute am Meer. Also, an so einem Strand, aber das war so ein Stadtstrand und hunderttausend-millionen Leute. Und Papa hat sich gleich verbrannt. Ach so, warte, was hab ich denn schon erzählt, hab ich das

schon erzählt? Also. Ich bin jetzt in meinem Zimmer, das
ist so winzig und so gelb. Mama ist heute hiergeblieben,
die muss arbeiten. Und hier ist eine Katze, die ist ganz
bunt, so alle Farben, und die ist zahm. Voll süß. Und alles
ist schön, also, so wie auf Postkarten und so, Himmel
ist blau, so knallblau, und Häuser so weiß, du packst es
nicht. Und dann überall Blumen und Katzen, und es ist
echt ganz schön niedlich. (…)«
Ari will schon vom Armband erzählen, schaut es an und
stoppt die Aufnahme. Aris Finger spielen mit dem kleinen Stein. Nein. Weil sie Elif auch noch eins kaufen wird,
denkt sie. Twinsies. Ari lächelt.
»Ich glaub, ich weiß schon, was ich dir mitbringe. Uuund
dann … wir waren einkaufen und jetzt häng ich hier so
rum. Uuund. Mich hat heute ein Junge angesprochen.«
Ari wird rot.
»Weißt du, mein Name klingt hier anders. Komisch.« Ari
schickt die Nachricht los.
Sitzt auf dem Bett mit roten Backen. Schreibt noch
Eltern, sorry. ♡
Ari steht auf, zieht die Vorhänge ein wenig zur Seite,
dann öffnet sie wieder das Fenster.
Zurück zum Handy. Ari hört sich die letzte Sprachnach-
richt an. Nein, denkt Ari. Löscht sie.
Dann geht sie in die Küche, setzt sich mit Buch an den
Küchentisch, liest und wartet, bis Papa kommt. Bis Papa
auffällt, dass Ari schon den Einkauf weggeräumt hat.
Unaufgefordert. Bis Papa Ari lobt und sich selbst. Dafür,
dass er so ein wunderbares Kind zustande gebracht
hat.
Papa schaut auf die Uhr. »Hunger?«, fragt er Ari.

Ari hat eine Hand auf der offenen Seite liegen und nickt leicht.

»Dann lass mal kochen«, sagt Papa und fängt an, alles wieder auszuräumen.

Papa hat Musik über sein Handy laufen. Ari denkt nach, und dabei schält sie und schneidet klein und raspelt und gibt dies zu dem. Und das dann Papa, der am Herd steht. Dann denkt sie nach und macht den Abwasch. Dann denkt sie nach und trocknet das Brett, die Messer und Schüsseln ab. Papa macht den Backofen auf und es wird noch wärmer. Er hat schon das Dressing für den Salat angerührt, es wartet in einer Kaffeetasse neben der Salat-schüssel. Ari schaut Papa an. Dann geht sie raus und setzt sich zu Mama.

»Essen bald fertig?«, fragt die und schiebt sich die Lese-brille auf die Stirn. Ari nickt.

Die Katze maunzt. Ari hält ihr eine Hand hin und die Katze schmiegt sich hinein.

»Immer die Hände waschen, wenn du die gestreichelt hast, ja? Sonst kriegst du Spulwürmer.«

Mama schaut die Katze an und seufzt. »Süß ist sie ja.«

Die Katze hat das gehört und geht jetzt zu Mama, um da weitergestreichelt zu werden.

Mama schaut zur Küche, wo Papas Musik läuft, wo es riecht und kocht.

»Hattet ihr einen schönen Tag?«, fragt Mama. Ari nickt. Ja. Ari zeigt Mama das Armband.

»Schön«, sagt Mama. Sie spielt kurz mit der Perle. Dann packt sie ihre Sachen zusammen und steht auf. »Ich gehe mal nach Papa gucken.«

Ari lehnt sich zurück. Das Handy piept.

Gelöschte Nachricht????

Ari schickt ein Schulterzucken.

Erzähl.

Ich will doch nicht auch so eine sein, die immer nur über Jungs redet.

Bist du doch gar nicht.

Vielleicht aber doch.

Was ist passiert?

Da ist so einer aus dem Dorf, der hat mich heute angesprochen. Ist ja auch egal.

Elif schickt eine Reihe Emojis.

Dann

Ist ja wohl gar nicht egal. War der nett? Und süß?

Ari schickt ein Rotwerden. Elif schickt alle Herzen tausendfach. Und ein GIF. Ari muss lachen.

So spannend! Erzähl weiter!

Gibt noch nichts zu erzählen. Er hat mich nach meinem Namen gefragt und dann musste er weiter.

Und wie heißt er?

Keine Ahnung. Konnte nicht fragen.

»Ari, kommst du helfen?«, ruft Papa.

Ari schaut weiter das Handy an.

Voll schön! Vielleicht siehst du den ja bald wieder!

Ari hat Trampolingefühle. Vielleicht.

Vielleicht

»Ariiii!«, ruft Mama. Dann schaut sie zur Terrassentür raus. »Alles gut? Hörst du uns nicht?«

Ari steht auf und nimmt die Teller entgegen, die Mama ihr in die Hand drückt.

Ari trägt den Salat raus, jetzt mit Dressing, trägt Sachen raus, die sie nicht wahrnimmt, dann setzt sie sich, und

Papa oder Mama gibt ihr Essen auf den Teller, füllt ihr Glas mit Wasser, und die Eltern reden und alle essen und irgendwann ist das Essen vorbei, und Ari ist müde, denken die Eltern, weil Ari abräumt, weil Ari in ihr Zimmer will, statt mit Mama und Papa zusammenzusitzen, noch Rommé zu spielen oder Musik zu hören. Ari will in ihr Zimmer und sagt nicht, dass sie weiterlesen will, oder noch weiter mit Elif schreiben, oder was auch immer die Eltern denken. Ari will im Zimmer liegen, auf ihrem Bett, das gelbe Nachttischlicht wird leuchten und kleine Insekten werden dagegenfliegen, aber Ari wird da liegen, die Augen halb auf, halb Traum, und »Vielleicht« denken. Vielleicht.

mittwoch

Niemand weckt Ari, das macht die Sonne, wie gestern,
das Licht, das Helle. Wie warm es ist. Ari schwitzt, das
Fenster ist offen, das macht keinen Unterschied.
Sie geht in die Küche ans Spülbecken, füllt sich ein Glas
mit Wasser, trinkt es leer. Noch eins. Nach dem halben
Glas setzt sie ab, schluckt, atmet durch, dreht sich um.
Mama sitzt am Tisch am Computer, die Lesebrille, sie
schaut Ari an und reibt sich das Kinn.
»Besser?«, fragt Mama.
Ari atmet und nickt. Sie wischt sich den Mund mit dem
Handrücken ab. Schaut zum Bad, zum Schlafzimmer der
Eltern, hört nichts.
»Der ist raus. Musste laufen.«
Ari trinkt wieder. Wenn Papa läuft, geht er. Dann ist er
nicht unter zwei Stunden daheim.
Mama schaut immer noch Ari an und lächelt ungeduldig.
Ari geht ins Bad, Mama zurück an die Arbeit.
Hier duscht Ari kälter als daheim. Da war noch Strand in
den Haaren, Salz und alte Sonnencreme von gestern. Jetzt
fließt alles ab von ihr, Ari riecht nach künstlicher Grape-
fruit und ist wach. Aris Haare fühlen sich anders an. Sie
drückt sie mit dem Handtuch trocken, wickelt sich in ein
Badetuch und geht vorbei an Mama zurück in ihr gelbes
Sonnenzimmer.
Sitzt auf dem Bett und bildet sich einen kleinen Wind ein.
Macht die Augen zu.

Irgendwann steht sie wieder auf, zieht sich was an, die Haare bleiben nass und offen. Das Shirt wird nass am Rücken. Kühlt.

Ari sieht sich im Spiegel an. Nah. Mitessernah. Wirddasetwaeinpickelnah. Ari sieht eine Sommersprosse. Die einzige, die sie jedes Jahr bekommt. Die niemand außer ihr Sommersprosse nennt.

Ari nimmt ihr Buch, geht in die Küche, macht sich ein Brot, nimmt sich ein bisschen Obst und eine Tasse Tee. Dann setzt sie sich an den Tisch, gegenüber von Mama, ein Fuß auf dem Stuhl, das Schienbein an der Tischkante. Mama schaut, sagt aber heute nichts über Körperhaltung. Ari liest und isst, und Mama arbeitet und trinkt Kaffee. Ari leckt sich den Honig von den Fingern, bevor sie weiterblättert. Honig, denkt Ari und schaut sich das Glas an. Die träge Masse, festflüssiger Sonnenschein. Bienenkotze, sagt Elif.

Ari lässt den Honig im Glas hin und her fließen, wie ein kleines Meer im Glas. Kein Sturm.

Aber Wellengang. Mama räuspert sich. Ari schaut sie nicht an, nimmt mehr Honig auf genauso viel Brot, beißt ab und tröpfelt, aufs Handgelenk, auf den Teller, Hände eh. Ari grinst und guckt Mama immer noch nicht an, weil die starrt. Ari leckt sich die Hand ab, den Arm, denkt an die Katze, die draußen bestimmt wartet. Sie hätten Katzenfutter kaufen sollen, denkt Ari. Dann schaut sie wieder in ihr Buch und lässt ihre Haare ins Gesicht fallen, zieht den Vorhang zu. Mama sagt nichts, und das laut. Bis sie weiterarbeitet.

Irgendwann sagt Mama, dass sie jetzt eine Besprechung hat. Ari guckt hoch und macht nichts.

»Kannst du bitte raus oder in dein Zimmer gehen?«, fragt Mama, und es ist keine Frage, weiß Ari. Sie wartet ein bisschen und schaut Mama dabei an, Mama sagt »Jetzt, Ari«, und Ari atmet laut aus und steht langsam auf, lässt den dreckigen Teller, das klebrige Messer da liegen und Honigpfützen bilden. Sie nimmt sich den Pfirsich, den Tee und geht auf die Terrasse.

Schaut sich um. Sitzt kurz im Schatten, aber da ist es zu kalt. Setzt sich in die Sonne. Der Stuhl knarzt. Ari geht weiter ums Haus, sieht eine Leiter. Steigt sie hoch. Das Buch unterm Arm, Pfirsich im Mund, der Tee ist eh leer.

Ari steigt hoch und schaut und sieht die Dachterrasse. Auf einer kleinen Mauer sitzt die Katze und schaut Ari an, hält die Tatze hoch, die sie gerade noch geputzt hat.

»Na?«, sagt Ari. Die Katze sagt nichts, guckt, dann putzt sie sich weiter. Ari geht über das Dach, setzt sich in kleinem Abstand zur Katze und lehnt sich mit dem Rücken an die Mauer.

Ari liest, bis sie durstig ist, lässt das Buch auf dem Boden liegen und steigt die Leiter hinab, holt ihre Wasserflasche und füllt sie noch schnell auf. Sonnenbrille. Mama redet mit dem Computer und schaut kurz mitten im Reden Ari an. Ari rollt mit den Augen und geht wieder raus. Auf einem Stuhl liegt noch das Badetuch von gestern, das nimmt sie mit hoch. Zurück aufs Dach. Ari richtet sich ein. Ari macht ein Foto von der Aussicht und schickt es Elif.

Guten Morgen, allerliebste beste Elif, ich bin auf dem Dach!!!!!

Elif lächelt nur zurück. Schickt dann ein Foto von ihrem Frühstück. Ari eins vom abgenagten Pfirsichkern. Sie lächelt. Dann liest sie weiter.

Ari steht auf, dehnt sich. Sie stemmt die Hände in die Seite und schaut runter. Das Dorf klingt wie ein Dorf, mofafrei. Vielleicht, denk Ari. Ari versucht zu lesen und denkt sich stattdessen Vielleichts aus. Sie hört Papa zurückkommen, schaut auf die Uhr und denkt, dass das mehr als zwei Stunden waren.
Ari legt sich auf den Bauch und schaut über den Rand der Dachterrasse nach unten.
»Na?«, fragt Papa.
»Endlich zurück?«, fragt Mama. Ari atmet scharf ein und ist froh, dass sie nicht Papa ist.
Papa antwortet nicht. Ari wartet. Sie sieht die Katze unten über den Steinboden laufen, wie sie sich vor die offene Tür setzt und nach drinnen guckt. Vielleicht wartet sie auf Futter.
»Immer noch am Arbeiten?«, fragt Papa.
»Ja, ich arbeite immer noch.«
Ari stellt sich vor, wie Mama jetzt guckt. Wie Papa zurückguckt. Wie er Mama vielleicht den Rücken zuwendet. Wie er vielleicht die dämliche Baseballmütze absetzt. Wie er vielleicht am Spülbecken lehnt und die dämliche Baseballmütze nicht abnimmt, aber den Schirm nach hinten in den Nacken schiebt, was noch dämlicher aussieht. Und Mama, wie sie vielleicht über den Rand ihrer Lesebrille schielt, wie eine strenge Lehrerin in einem alten Kinderfilm. Wie beide sich anstarren und schweigen. Ari hört nur das Schweigen.

»Geht das jetzt so weiter?«, fragt Papa und hat bestimmt
die Arme verschränkt.

»Was meinst du?«, fragt Mama und weiß es doch eh, will
es aber ausbuchstabiert bekommen.

»Wirst du jetzt die restlichen Tage, die wir hier auf dieser
Insel verbringen und die wir unseren Urlaub nennen
wollten, mit Arbeit verbringen?«

Mama antwortet nicht. Vielleicht zuckt sie mit den
Schultern. Vielleicht arbeitet sie einfach weiter. Vielleicht
legt sie das Gesicht in die Hände oder reibt sich den
Nacken. Vielleicht geht sie zu Papa und umarmt ihn und
er umarmt sie. Und sie küssen sich. Und halten sich.

»Ich weiß es nicht, aber es kann sein. Das habe ich dir
vorgestern aber auch schon gesagt.«

»Ach?«, sagt Papa. Ari rollt mit den Augen und Mama
rollt bestimmt auch mit den Augen.

Vielleicht macht sie den Laptop zu. Vielleicht setzt sie die
Lesebrille ab. Vielleicht.

»Was willst du denn jetzt von mir hören?«

Papa sagt nichts. Papa will hören, dass Mama ab morgen
wieder im Urlaubsmodus ist, dass sie nicht mehr arbeiten muss, dass sie Papa umarmt und sagt, dass alles gut
wird, Papa will Urlaub und mit Mama Urlaub machen.

»Wo ist Ari?«, fragt Papa. Ari hält die Luft an.

»Draußen«, sagt Mama.

»Wo draußen?«

Ari rutscht ein Stückchen weiter vom Rand weg, sieht,
wie Mama aus der Tür rausschaut, nach links, nach
rechts guckt.

»Ist wohl spazieren«, sagt Mama. Ari hört den Ton.
Mama macht sich Sorgen, will das aber nicht zeigen.

»Aha, ist sie wohl«, sagt Papa. Mama dreht sich zu Papa. Dummer Papa. Sag bitte nichts Dummes, denkt Ari.

»Warum weißt du nicht, wo unsere Tochter ist?«

Ach, Papa, denkt Ari.

»Weil ich gearbeitet habe, weil ich eine schlechte Mutter bin.«

»Oh bitte, jetzt nicht die Opfernummer.«

»Stopp.«

Papa will weiterreden, aber Mama sagt noch mal lauter »STOPP!«.

Hast du Stopp gesagt, denkt Ari. Die Hand nach vorne, Stopp. Hör auf. Du tust mir weh.

Mama und Papa sind still. Ari denkt, sie kann sie atmen hören. Ari hört nur sich atmen. Laut, flach am Boden.

Ari wartet. Irgendwann kommen Mama und Papa auf die Terrasse, beide mit einer Tasse in der Hand.

Sie setzen sich. Mama pustet in ihre Tasse. Tee, denkt Ari.

»Also«, sagt Mama.

»Also«, sagt Papa.

»Folgende Optionen: Ich fahre heim und du bleibst mit Ari hier. Fände ich schade, weil ich gerne Zeit mit euch verbringen würde.« Papa schnaubt, Mama redet weiter. »Außerdem kann es sein, dass sich die Arbeit in zwei Tagen wieder erledigt hat. Und dann würde ich daheim sitzen. Ohne euch.«

Papa guckt in seine Tasse.

»Oder ich bleibe hier. Du machst dir mit Ari eine schöne Zeit. Und Ari ist ja eh in dem Alter, wo sie sich allein beschäftigen kann. Selbstständig.«

Papa hält seine Tasse in den Händen und trinkt nicht. Mama lehnt ihren Kopf an seine Schulter. »Hey.«

Papa guckt die Straße runter. Dann legt er Mama eine Hand auf die Schulter.

Reibt ihr einmal die Schulter, dann nimmt er seinen Arm weg. Steht auf.

»Ich will mich halt nicht wie ein Kindermädchen fühlen.«

In Ari ziept es. In Mama auch. Vielleicht.

»Und ich will nicht, dass du mir ein schlechtes Gewissen machst, weil ich arbeiten muss.«

»Musst du wirklich?«, fragt Papa und starrt sie an.

Mama stellt die Tasse ab und verschränkt die Arme. »Soll ich dich mal an Kroatien erinnern?«

Papa winkt ab.

»Gib mir mal eine Zigarette«, sagt Mama irgendwann.

Papa guckt und zieht dann Zigaretten und ein Feuerzeug hinter einem Blumenkübel hervor.

»Aha«, sagt Mama. Papa gibt ihr eine Zigarette aus dem Päckchen, Mama steckt sie sich zwischen die Lippen.

Papa beugt sich vor und gibt Mama Feuer.

»Du sagst Bescheid, wenn Ari kommt«, sagt Mama.

Papa nickt und steckt sich auch eine Zigarette an. Die Eltern rauchen.

»Wir haben uns doch mal darüber unterhalten, dass ich wieder mehr arbeiten werde, wenn Ari älter ist.«

Papa tut so, als würde er sie nicht hören, schaut die Straße rauf und runter nach einer Ari, die auf dem Dach liegt.

»Und dass das jetzt passiert, ist halt vom Timing ... suboptimal«, sagt Mama

»Scheiße ist das«, sagt Papa.

»Ach, komm. Ja, aber wenn ich das jetzt mache, dann könnte das zu was werden. Verstehst du?«

»Ja, klar versteh ich das.«

Papa nimmt seine Tasse, trinkt endlich. Nimmt noch einen Zug von der Zigarette. Dann macht er sie an der Mauer aus und schmeißt sie über den Oleander auf die Straße.

Mama guckt ihn an.

»Ich geh mir mal die Hände waschen«, sagt Papa.

Mama sitzt da, trinkt Tee, raucht und schaut dann die Zigarette an, zieht noch einmal, dann macht sie die Zigarette aus, hält inne, schaut sich um und schmeißt die Kippe auch über die Mauer.

Ari rutscht, so leise es geht, zurück zu ihrem Lager auf dem Dach.

Meine Eltern rauchen heimlich.

Elif lacht angeblich.

Ari hält das Handy in der Hand. Sie wartet eine kleine Weile, steckt sich die Kopfhörer in die Ohren, dann steigt sie die Leiter runter.

Mama sitzt da und schaut sie an. Sagt was zu Ari. Ari nimmt die Kopfhörer raus.

»Warst du die ganze Zeit da oben? Hast du uns nicht gehört?«

Ari zuckt mit den Schultern und hebt die Kopfhörer hoch.

»Papa ist wieder da«, sagt Mama. »Ich geh mir mal die Zähne putzen.« Dann drängelt sie sich an Ari vorbei ins Haus, ins Bad und Ari riecht den Rauch an Mama und sagt nichts.

Ari liegt auf ihrem Bett, das in einer Woche das Bett von jemand anderem sein wird. Ari hat einen Arm unter dem

Kopf, im Nacken, eine Hand auf dem Bauch. Ari hat leise Musik an, irgendeine Playlist, die sie irgendwann mal irgendwo gefunden hat. Die sie immer anmacht, wenn sie nicht weiß, was sie hören will. Wenn es nicht still sein darf, aber auch nicht laut.

Ari starrt die Decke an und sucht im Putz nach Formen. Der Putz an der Decke hat keine Wolkentiere.

Ari denkt daran, wie sie als Kind die Augen gerieben hat, um Feuerwerke hinter den Lidern zu haben. Bis Mama oder Papa eines Tages gesagt hat, dass das nicht gut ist. Dass einem davon die Augen kaputtgehen können. Lass das, Ari. Dann hat sie damit aufgehört und abends vor dem Einschlafen nur noch Dunkelheit gehabt, sobald die Nachttischlampe aus war.

Ari dreht sich auf den Bauch und googelt Jugendreisen. Wenn ihr was gefällt, schickt sie Elif den Link. Ari pinnt. Ari bookmarkt. Ari plant.

Denkt: Und wenn wir erwachsen sind. Und erwachsen ist näher, als es letztes Jahr war. Dreifach näher.

Elif schreibt, dass Meer ein Muss ist. Meer muss sein. Ari stimmt zu. Elif sagt, dass sie keinen Sport machen will im Urlaub. Ari lacht.

Ich auch nicht.

Ari fragt sich, was sie im Urlaub machen will.

Ari ist im Urlaub und liegt im gelben Zimmer auf ihrem Bett und macht nichts.

Sie schaut zur Zimmertür raus. Papa liest Zeitung und isst ein Brot. Es ist Mittag. Papa sieht sie nicht und Ari macht die Tür wieder zu.

Legt sich wieder auf das Bett. Ari googelt, was passiert, wenn man sich die Augen reibt.

Ari geht wieder in die Küche, macht sich ein Brot und setzt sich zu Papa. Papa brummt. Ari holt die Spielkarten und mischt sie, während sie immer wieder vom Brot abbeißt. Mama sitzt draußen. Ari teilt aus. Legt Papas Karten auf die Zeitung. Papa nimmt sie wortlos an sich, setzt sich ein bisschen mehr auf und fängt an, die Karten zu sortieren. Ari findet die Punkteliste und legt sie mit Stift auf den Tisch. Dann legt sie die oberste Karte vom Stapel mit Bild nach oben und sortiert ihre Karten.

Papa guckt, legt eine Karte ab.

Ari sammelt Pik. Sie zieht Karo.

»Morgen suchen wir den richtigen Strand. Das war ja gestern nichts. Ich hab mir schon ein paar rausgesucht. Wir gucken uns die morgen alle mal an.«

Ari nickt vielleicht. Sie legt die Karo-Karte wieder ab.

»Aha!«, sagt Papa und guckt ihr ins Gesicht. Ari streckt ihm die Zunge raus. Papa zieht eine Karte.

»Und nachher zeig ich dir mal, was ich heute gefunden habe. Schöne Gegend hier.«

Papa zieht eine Augenbraue hoch, kann sich nicht entscheiden, welche Karte er abwerfen will.

»Wollen wir gleich was Ordentliches essen oder reicht dir das Brot?«, fragt Papa.

Ari weiß nicht, was Papa mit was Ordentlichem meint. Papa weiß selbst nicht, was er meint. Suppe? Zu warm. Salat? Ari zieht die Nase kraus. Papa wirft ab, und Ari sieht die Karte, die sie gebraucht hätte, um rauszukommen.

»Du magst doch meinen Salat sonst auch!«, sagt Papa. Ari zieht eine Karte, Joker, Ari kommt raus. Aris Hand wird sehr viel leerer.

Papa guckt unglücklich. »Sag bloß, du machst Rommé Hand?«

Ari grinst, nimmt sich Papas letzte Karte vom Stapel, tauscht sie gegen den Joker, schafft mit dem Joker eine andere Reihe und wirft noch eine Karte ab.

Papa schmeißt seine Karten beleidigt auf den Tisch, dann sammelt er wieder ein, um sie zu zählen. Rommé Hand heißt Punkte verdoppeln. Ari geht an den Kühlschrank und holt sich ein Stück Käse. Ein paar Trauben.

»Dann lass vielleicht jetzt spazieren gehen?«, sagt Papa, als er fertig ist mit Zählen und seine Punkte in die Liste einträgt.

Ari nickt.

Mama nickt Ari und Papa nur zu, als sie die Treppe runtergehen. Sie redet mit dem Computer.

Papa grummelt unverständlich, Ari geht nicht drauf ein. Sie trägt ihre Sonnenbrille. Papa trägt die Baseballmütze. Ari fragt sich, wie Mama die Mütze findet. Papa trabt vor. Ari bleibt kurz stehen und rutscht ihre Sandalen zurecht. Dann geht sie weiter. Ari schaut Papas Rücken an. Der wartet nicht. Ari geht weiter so, wie sie geht. Papa geht in einen Laden und lässt Ari davor warten. Ari rollte mit den Augen, was Papa nicht sieht. Papa kommt raus und hat Kaugummis gekauft. Steckt sich einen in den Mund und bietet dann irgendwann Ari einen an. Ari nimmt sich einen. Denkt, dass Papa kaut, weil er vor Ari nicht raucht. Ari fragt sich, wie viel Papa raucht. Zu Hause. Bei der Arbeit. Was die Eltern sonst noch so vor ihr verheimlichen. Papa redet irgendwas, was Ari nicht verstehen kann, weil Papa nach vorne spricht und Ari hinter ihm läuft.

Ari tapert Papa hinterher und kaut Spearmint. Niemand auf der Straße. Es ist Mittag, es ist heiß. Ari denkt, die sind am Strand. Denkt, die fahren mit dem Mofa durch die Gegend. Denkt, der Fahrtwind kühlt bestimmt. Ari denkt sich, wie es wohl ist, auf einem Mofa hintendrauf mitzufahren. Oder selbst zu fahren. Aber hintendrauf kann man die Augen zumachen. Wenn man sich traut. »Schau mal hier«, sagt Papa und schaut zu Ari, wartet und zeigt auf eine Mauer. »Siehste?« Ari weiß nicht, was sie sehen soll, weil sie Papa nicht zugehört hat, weil Papa nichts vom Mofafahren erzählt hat. Ari nickt. »Habt ihr eigentlich Geschichte in der Schule?«, fragt Papa. Ari nickt. »Gut«, sagt Papa.

Papa rutscht in seinen Sandalen ein bisschen nach vorne, fängt sich aber. Die Straße führt abwärts, um steinerne Häuser herum. Ari denkt, vielleicht schlafen die jetzt alle, weil es Mittag ist, haben die Fenster offen, Durchzug, haben sich ein Tuch auf die Augen gelegt und dösen, bis die Mittagshitze um ist. Papa ist laut. Papa redet sehr laut. Weil Papa gehört werden will. Von Ari. Die nicht zuhört. Und immer noch hinter Papa herläuft, der so tut, als hätten sie es eilig. Ari denkt an die armen Menschen, die von einem lauten erklärenden Deutschen aus dem Mittagsschlaf gerissen werden. Ari fragt sich, was für ein Tag es ist. Sie rechnet. Mittwoch. Ja.

Das Dorf hört auf, die Straße wird Weg. Wird staubiger. Statt Häusern nur noch Gestrüpp, Büsche, trockene Wiesen. Bäume. Papa bleibt kurz stehen, schaut sich um, die Fäuste in die Seiten gestemmt, atmet tief durch. »Herrlich«, sagt er.

Ari hört Grillen oder Zikaden. Hört den Wind. Der Wind,

das himmlische Kind, denkt Aris Gehirn. Ari hört etwas leise bimmeln. Aris Sandalen sind nicht für den Weg gemacht. Aber Papa hat auch keine Wanderschuhe an. Ari hält sich an einer Mauer fest.

Dann sieht sie die Ziegen.

Papa erzählt was über Römer, aber Ari steht da und hält einer Ziege die Hand hin. Komm, denkt Ari. Komm her, ich tu dir nichts.

Die Ziege kann Gedanken lesen und kommt. Ari legt ihre Hand zwischen die Hörner, das Fell ist rau, ist hart, ist das Gegenteil von weich, Ari fällt nicht das richtige Wort ein, aber sie krault die Ziege trotzdem zwischen den Hörnern, hinter den Ohren. Die Ziege hat Teufelsaugen und dreht sich zu Aris Hand. Da kommen schon die anderen Ziegen.

Papa ist ungeduldig.

»Fertig?«, sagt Papa. Ari denkt, dass sie nie damit fertig sein wird, Tiere zu streicheln. Tiere kann man immer weiter streicheln und kraulen. Solange sie wollen.

Aber Papa ist fertig damit, Ari zuzuschauen. Und selbst streicheln mag er nicht.

Ari läuft Papa hinterher und die Ziege schaut ihr nach. Papa zeigt Ari Steine. Zeigt Ari Kräuter. Ari hört zu, lernt was. Sie laufen weiter. Der Kaugummi ist jetzt auch fertig und will nicht mehr. Ari kaut trotzdem weiter. Hier ist kein Mülleimer.

Papa hat kein Wasser dabei. Ari schon. Ari trinkt. Hält Papa die Flasche hin, die er anschaut, als müsste er überlegen. Dann nimmt er die Flasche und trinkt.

Sie laufen ein bisschen weiter und reden nichts. Papa hat eigene Gedanken, denkt Ari. Vielleicht denkt Papa weiter an Römer und Jahreszahlen und Steinarten. Vielleicht hätte Papa doch gerne Ziegen gestreichelt.

Ari fragt sich, wie Papa war, als er noch nicht erwachsen war.

Ari denkt sich Papa mit mehr Haaren und weniger Schultern. Mit glattem Kinn und glatter Haut. Ari hat ja die Fotos gesehen. Aber das heißt nichts.

Papa und Ari kommen auf einen Hügel, stehen da, Papa atmet wieder laut und sagt wieder was, aber nicht »herrlich«. Papa sagt was mit »Aussicht« und »Guck mal« und schweigt.

Ari setzt sich hin und guckt. Papa guckt zu Ari runter. Dann hockt er sich wacklig hin. Die Fersen in der Luft und nicht am Boden. Papa stützt sich mit den Fingerspitzen der linken Hand ab. Zeigt mit der anderen in den Himmel, weil da ein Vogel Luftschlaufen malt. Papa sagt nicht, was für ein Vogel das ist. Papa weiß es nicht. Dann schnauft er und stellt sich wieder hin. Reibt sich das rechte Knie.

Ari könnte hier sitzen und gucken und gar nichts denken. Ari sieht einen Stein auf dem Boden, nimmt ihn in die Hand und reibt ihn ab. Der Stein ist rund und glatt. Schwarz mit weißen Adern.

»Zeig«, sagt Papa.

Ari will mit dem Kopf schütteln, aber sie hält Papa den Stein hin, er nimmt ihn, dreht ihn ein bisschen hin und her und sagt nur »Schön«.

Ja, denkt Ari.

Papa gibt ihr den Stein zurück. »Komm, es geht heim«, sagt er. Er hält Ari eine Hand hin und zieht sie hoch.

Ari steckt den Stein in ihre Hosentasche.

Als sie zurück im Haus sind, steht Mama an der Spüle und wäscht Geschirr ab.

»Lass doch«, sagt Papa.

»Nee, muss jetzt mal so was machen«, sagt Mama.

Papa nickt.

»Können wir bitte heute wieder essen gehen? Ich muss mal was anderes sehen als das hier.«

»Natürlich. Bist du durch oder brauchst du noch?«

Mama lächelt Papa leicht an.

»Eine Stunde noch?«

Papa nickt.

Ari nimmt ihr Buch und geht aufs Dach.

»Ari, wir wollen gleich los, bist du fertig?«

Ari sitzt auf dem Dach, das Buch im Schoß, und schaut in Richtung Horizont.

Alles Gold. Ari hat die Augen leicht geschlossen und schaut in die Sonne, die sich senkt, die nicht mehr blendet, sondern ganz sanft, ganz goldgelbhonig Aris Lider streichelt, die Wangen, wenn Licht das kann.

Aber Mama ruft. Papa ruft. Ari muss die Augen aufmachen, muss die Leiter runtersteigen, denkt, die Katze hat es gut, denn die Katze sitzt auf dem Dach und hat weiter die Augen geschlossen.

Mama sagt, dass Ari sich was Neues anziehen soll. Ari schaut an sich runter und weiß nicht warum.

»Na los«, sagt Mama. Die trägt jetzt ein Kleid, hat ein Tuch um die Schultern gelegt, was sie zu Hause nie macht. Ari geht ins Zimmer, zieht sich ein neues Shirt an und nichts sonst. Schaut in den Spiegel. Die Haare werden heller, die Haut dunkler. Ari zeigt sich die Zähne.

»Können wir los?«, fragt Papa.

Mama schaut Ari an. Ihr Blick sagt alles, Mama sagt nichts.

»Fertig?«, fragt Papa noch mal, legt eine Hand auf Mamas Schulter, auf dieses komische Tuch.

Ari steckt die Hände in die Taschen und hat nichts zu sagen. Nickt nur.

Papa schließt die Tür hinter ihnen ab.

»Wieder derselbe Laden?«, fragt Papa.

Ari lässt sich zurückfallen und schaut ihre Zehen an.

»Nee, lass mal was Neues ausprobieren«, sagt Mama und lehnt sich kurz an Papa.

Sie hat auch so eine kleine Tasche umhängen, so eine, in die gerade mal ein Taschentuch und ein Labello reinpassen. In rotem Leder.

Aris Augenbrauen machen was, als sie Mamas Outfit anguckt. Das rotorange Flatterkleid in so einem Crinklestoff, der eben immer knittrig ist (»So praktisch für den Urlaub«, hat Mama gesagt), dieses Tuch mit den rosa und roten und goldenen Fäden. Und Fransen. Und dann eben die Tasche. Und Papa mit seiner komischen Mütze.

Und den knubbligen Füßen in den breiten Sandalen. Ari verzieht den Mund.

»Da?«, fragt Mama und dreht sich um zu Ari. Mama zeigt auf ein Restaurant mit bunten Lichterketten über einem Hof.

Ari zuckt mit den Schultern.

»Gibt eh überall das Gleiche zu essen«, sagt Papa.

»Gut, Ari isst ja eh immer das Gleiche.« Mama zwinkert Ari zu und kneift sie in den Oberarm. Au.

Ein Mann kommt an und spricht sie auf Englisch an, ob sie Englisch sprechen.

»Table for three?«, fragt er. Ari schaut sich um. Alle Tische haben die gleiche Größe. Und wieder sind sie die Ersten.

»Wir sind schon wieder die Ersten«, sagt Mama.

Papa guckt.

Mama sagt: »Weil wir so schrecklich deutsch sind.«

Mama und Papa starren sich an, Ari steht hinter ihnen und guckt. Aber der Kellner führt sie schon an ihren Tisch, mit den Speisekarten unterm Arm. Die legt er auf die Plätze, sie setzen sich und er fragt nach Getränken. Als er den Tisch verlässt, sagt Mama zu Ari: »Der ist niedlich, oder?«

Ari wird rot und ärgert sich, dass sie rot wird.

Guckt in die Speisekarte und findet den Kellner gar nicht niedlich.

»Guck doch mal«, sagt Mama.

Ari guckt sich die Vorspeisen und Hauptgerichte an.

»Griechischer Salat und Pommes?«, fragt Papa.

Ari nickt. Und will nicht nicken.

»Bisschen Baba Ghanoush?«

Ari zuckt mit den Schultern.

»Probier mal«, sagt Papa.

Der Kellner kommt zurück, Mama starrt Ari an und Papa bestellt für alle.

Ari guckt sich um, zählt vier Katzen. Hat ihr Buch vergessen.

Mama trinkt Wein. Papa erzählt das, was er heute schon Ari auf dem Spaziergang erzählt hat. Welcome to my TED Talk.

Das Essen kommt, und Ari isst und Mama trinkt noch ein Glas, und Papa schiebt Ari dieses Baba Ghanoush hin, das nicht gut aussieht.

»Du magst doch auch Hummus. Probier mal.«

Ari probiert. Okay.

»Lecker, oder?«, fragt Papa. Mama und Papa starren Ari an, als ob sie zum ersten Mal Brei essen würde. Hier kommt das Flugzeug. Ari findet es lecker, zuckt mit den Schultern und isst ihren Salat und die Pommes und trinkt ihr Wasser, und Mama kriegt rote Wangen und findet es saukomisch, Ari jedes Mal anzustupsen, wenn der Kellner in Sichtweite ist.

Ari ist fertig und will heim. Die Eltern wollen noch sitzen und trinken.

Bleib doch noch.

»Lass sie«, sagt Papa und schaut Mama in die Augen. Mama seufzt, Papa gibt Ari die Schlüssel und lässt sie ziehen.

Ari hört Mamas Kichern.

Geht leise den Weg zurück, so schnell und langsam, wie sie will, schaut den Häusern in die Fenster und hat das schwere Schlüsselbund in der Hand. Lässt es klimpern und hat keine Angst.

Da ist kein Wolf, der sie vom Weg lockt, da ist nur ein kurzer Heimweg, und Ari merkt, dass sie das mag.

Allein sein.

Für sich.

Ohne Mama, ohne Papa.

Ari wächst zwei Zentimeter, dabei sind die Sandalen flach.

Sie schließt die Tür auf, zieht die Sandalen aus, macht

Licht an und wieder aus. Ari steigt barfuß aufs Dach und schaut den Himmel an, das Blinken, das nur für sie ist, das flüstert, was alles noch sein wird für Ari, so leise, dass Ari nichts versteht, aber schön klingt das.

DONNERStaG

Mama grinst.

Erst ist sie im Bad, als Ari zum Frühstück kommt, dann setzt sie sich dazu und grinst.

Papa liest Zeitung und sieht es nicht. Papa brummt, als Mama ihn anstupst. Er hat gerade vom Brot abgebissen und in den Bartstoppeln hängen noch Krümel. Er brummt und guckt nicht hoch.

»Schatz«, sagt Mama und Ari zuckt. »Schatzi, hör mal auf zu lesen«, sagt Mama und zuppelt Papa am Hemdsärmel.

»Was ist denn, mein Herz?«, fragt Papa und schaut Mama an.

»Ich hab gerade beschlossen, dass ich heute freihabe und mitkomme.« Mamas Grinsen auf tausend Gigawatt.

»Schön«, sagt Papa und lächelt Mama an, dann liest er weiter.

Mamas Grinsen dimmt runter. Dann schaut sie Ari an.

»Und was machen wir heute Schönes, Ari, was habt ihr geplant?«

Papa schaut weiter die Zeitung an und sagt »Strand. Strände.«

»Okay?«, sagt Mama und wartet auf mehr Informationen.

Ari geht ins Bad.

Als sie wieder rauskommt, ist Mama über die Karte der

Insel gebeugt und folgt mit dem Finger der Küstenlinie. Papa brummelt. Ari nimmt ihr Brot, ihren Tee
und geht raus auf die Terrasse. Die Katze kommt an und
sagt Hallo, Slalom um Aris Füße, dann setzt sie sich. Ari
stippt einen Finger in den Honig und hält ihn der Katze
hin. Die Katze schnüffelt an Aris Fingers und probiert
mit spitzer Zunge.
Ari kaut und hockt vor der Katze, ein Knie auf dem
Boden. Steckt sich den Rest vom Brot in den Mund, kaut
und trinkt einen Schluck Tee. Dann geht sie in die Küche
und macht der Katze eine Schale Wasser voll, stellt die
auf die Terrasse. Die Katze guckt enttäuscht das Wasser
an. Ari zuckt mit den Schultern. Die Katze redet mit Ari.
Ari weiß ja auch nicht, wo sie jetzt Katzenfutter herbe-
kommen soll. Streichelt die Katze und dann geht sie rein
und wäscht sich die Hände. Ari macht ein paar Schränke
auf und schiebt die Einkäufe beiseite, schaut nach, was
da so steht, was schon da war, bevor sie da waren.
Nichts für die Katze.
Ari trinkt ihren Tee leer und schenkt sich nach.
»Fahren wir dann?«, fragt Mama.
Papa guckt hoch und ist noch lange nicht durch mit sei-
ner Zeitung. »Jetzt?«, fragt er.
»Ja?«, sagt Mama und steht schon.
Papa deutet auf die Zeitung.
»Die kannst du doch mitnehmen. Wir sollten los, wir
müssen noch Proviant besorgen«, sagt Mama und fängt
an, Sachen einzupacken.
Papa schaut Ari an. Ari schaut Papa an. Papa faltet die
Zeitung zusammen.
Ari geht ins Zimmer, packt ihre Tasche zusammen, geht

ins Bad, putzt sich die Zähne, wäscht sich und geht noch mal aufs Klo, weil Mama sagt, dass Ari noch mal aufs Klo gehen soll.

Dann sitzt Ari mit gepackter Strandtasche draußen auf der Mauer, während Mama packt, Papa noch mal aufs Klo muss. Mama fragt, ob Ari alles dabeihat.

Elif hat eine Menge Fotos geschickt. Einen Haufen Blumenbilder.

Wir waren im botanischen Garten!

Ari nickt und scrollt, schickt ein Daumen-hoch. Schaut die Straße entlang und es ist still und da ist niemand. Es ist früh. Mama macht die Badezimmertür auf und sagt Papa, dass er sich mal beeilen soll, und Papa ruft: »Kann ich bitte mal in Ruhe scheißen!«

Ari hofft, dass hier niemand Deutsch spricht. Sie macht ein Foto von der Katze und schickt es Elif.

Du magst doch sonst eigentlich gar keine Katzen.
Die hier ist ganz süß.

Ari lächelt zur Katze rüber. Die Katze putzt sich und lächelt nicht zurück.

Ari setzt sich die Sonnenbrille auf.

Mama kommt und setzt sich neben Ari. Schubst sie an. »Na?« Mama grinst wieder. Ari zieht die Mundwinkel hoch.

Mama schiebt Ari die Sonnenbrille in die Haare und nimmt Aris Gesicht in ihre Hände, schaut es von oben bis unten an. »Mein Mädchen«, sagt Mama.

Ari schluckt. Mama streichelt Ari über die Wange, und Papa kommt mit klimpernden Schlüsseln zur Tür raus und sagt »Seid ihr bereit? Ich schon.«

Mama steht auf und sagt »Wir warten nur auf dich!«.

Ari schiebt sich wieder die Sonnenbrille auf die Nase und steht auf. Die Katze schaut ihr nach.

Papa fährt, Mama sitzt neben ihm und Ari hinten. Hinter Mama. Mama greift hinter sich, um den Sitz, erwischt ein bisschen von Aris Bein und tätschelt es halb.

»Weißt du, wo du langmusst?«, fragt Mama und hält die Hand in der Luft, kurz vor dem Navi, Habachtstellung.

»Jap«, sagt Papa und fährt los. Er macht die Musik an und Mama hat nichts zu tun. Mama kann rausschauen und Papa zuschauen und die Landschaft angucken und versuchen mit Papa ein Gespräch anzufangen, aber Papa redet heute nicht. Mamas Redeversuche stranden, versanden. Ari hört Musik, schaut aus dem Fenster und nickt leicht zum Takt. Mama sagt was zu Ari, Ari nickt nur zur Musik, und das ist die falsche Antwort. Nimmt einen Kopfhörer aus dem Ohr und guckt nach vorne, Mama dreht sich umständlich um, rechts, links, hält den Gurt in der rechten Hand.

»Auf dem Weg liegt ein Tempel, den wollte ich mir noch anschauen, weißt du? Von Aphrodite? Hast du doch gelernt. Du hast doch mal diese Bücherreihe gelesen. Weißt du noch?«

Ari rollt mit den Augen und will wieder Musik hören. Mama will eine Antwort. Ari nickt. Ja, weiß sie noch.

Papa brummt und Mama dreht sich zu ihm.

»Was ist denn?«, fragt sie.

»Tempel«, sagt Papa.

»Ja?«

»Heute ist Strandtag.«

»Der liegt auf dem Weg. Und Ari will den auch sehen.«

Papa grunzt.

Ari rollt so laut mit den Augen, wie sie kann.

Mama schnauft.

Papa schaut in den Rückspiegel zu Ari und zwinkert. Ari setzt sich ihre Sonnenbrille auf und steckt sich wieder den Kopfhörer ins Ohr. Macht die Musik lauter.

Lehnt sich zurück.

Sie fahren bergab, bis an die Küstenlinie. Papa biegt ab und fährt weiter am Meer entlang.

Mama zeigt. Mama tippt Ari an und zeigt und redet, und Ari guckt und hört Mama nicht.

Papa fährt irgendwann von der einen Straße auf eine andere, dann auf eine noch kleinere. Der Wagen schaukelt, holpert, Papa fährt langsam und Ari hält sich fest. Dann stellt er den Wagen ab. Motor aus. Papa zieht den Schlüssel ab und öffnet die Wagentür.

Ari nimmt einen Kopfhörer in die Hand, schaut Papa hinterher, der einfach losgeht. Mama öffnet die Tür, steigt aus und ruft ihm hinterher. Papa hebt zur Antwort nur einen Arm, dreht sich nicht um, geht weiter.

Mama wartet. Papa kommt nicht zurück. Mama wischt sich über die Stirn, dann dreht sie sich zu Ari.

»Komm«, sagt Mama, nimmt die Strandtasche, wartet, bis Ari aus dem Wagen steigt, belädt Ari und macht dann die Türen zu. Papa hat den Schlüssel mitgenommen.

Mama flucht. Sie stapfen durch weichen weißen Sand. Warm. Aber zäh. Ari rutscht immer wieder der Träger der Tasche von der Schulter. Ari fragt sich, ob sie besonders flache Schultern hat. Abschüssige Schultern.

Mama flucht über Papa. »Was ist denn mit dem schon wieder los? So ein Bullshit.«

Sie steigen über eine Düne und sehen Papa unten am
Strand stehen, er schaut aufs Meer.
Mama ruft Papa. Ruft noch mal, lauter.
Papa guckt zu ihr und antwortet nicht.
Mama bleibt stehen und zuckt mit den Schultern. Hebt
die Arme.
Ari bleibt auch stehen und weiß nicht, was sie machen
soll.
»Der Wagen!« ruft Mama
»Was?«, ruft Papa zurück.
»Du Depp hast den Schlüssel.«
Hui, denkt Ari. Sie lässt die Tasche langsam von der
Schulter in die Armbeuge gleiten. Die Tasche ist
schwer.
Papa geht auf sie zu. Als er nicht mehr in Rufweite,
sondern in Sprechnähe ist, sagt er: »Warum seid ihr denn
nicht im Auto geblieben?«
»Weil du einfach abgehauen bist.«
»Ich wollte nur mal schnell schauen, ob sich das lohnt,
bevor wir den ganzen Kram hierherschleppen.«
Mama schnauft. »Zu spät. WIR haben das jetzt schon her-
geschleppt. Kannst du jetzt bitte mal das Auto abschlie-
ßen?«
Papa läuft ein paar Schritte, bis er das Auto sieht, hält
den Schlüssel in Richtung Auto, das piept und ist zu.
Mama und Papa starren sich an.
Ari geht die Düne runter, langsam. Rutscht ein biss-
chen.
Dann ist sie unten.
Mama und Papa stehen immer noch oben und reden.
Ari hört weg und dreht sich zum Meer, zum Strand.

Weißer Strand, Meer friedlich und blau. Ari geht ein bisschen weiter zum Wasser, legt die Tasche ab, legt die Matte zurecht. Schaut zu den Eltern, die dastehen und abwechselnd die Arme vor dem Körper verschränken. Körpersprache für Anfänger, denkt Ari, zieht sich aus bis auf die Schwimmsachen und geht ins Wasser.

Weiter und weiter, bis kein Boden mehr unter den Füßen ist. Ari schaut nicht zu den Eltern. Ari schaut zum Horizont.

Ari hätte jetzt gerne ihr Handy, hätte gerne ein wasserdichtes Handy, dann würde sie Elif schreiben, dass sie beschlossen hat, im Meer zu bleiben. Meerjungfrau. Und was wirst du, wenn du groß bist, so beruflich? Unterwasserwesen. Ari kichert, die Eltern hören es nicht. Elif macht bestimmt mit. Und dann räumen sie die Weltmeere auf, und dann wird alles gut.

Ari liegt im Wasser, das Wasser plätschert an Aris Ohren wie ein Geflüster, sagt Ari, dass sie tolle Ideen hat. Bessere als die Eltern jedenfalls.

Ari schaut aus dem Augenwinkel zu den Eltern. Die sind inzwischen von der Düne runter und haben sich zu Aris Bademattte gelegt, gesetzt, bauen ein Lager. Mama räumt, Papa sitzt und guckt, zu Ari oder sonst wohin, aber nicht zu Mama.

Wie lange es wohl dauert, bis Aris Körper sich an das Leben im Meer anpasst. Bis ihr Schwimmhäute und Kiemen wachsen. Bis sich die Haut verändert. Ari denkt sich silberne und goldene Schuppen, wie eine Discokugel, denkt Ari.

Ari denkt an Elif und ist allein.

»Kannst du das nächste Mal bitte nicht so weit raus-
schwimmen?«, sagt Mama, als Ari sich auf die Matte
setzt.

Papa schnauft. »Wir haben sie doch gesehen!«

»Und was, wenn was passiert, wenn sie einen Waden-
krampf kriegt oder so, wie schnell bist du dann da hinge-
schwommen?«

Papa antwortet nicht.

Mama schweigt.

Ari trocknet sich ab, nimmt dann die Sonnenmilch von
Mama entgegen und schmiert sich ein. Dann cremt
Mama ihr den Rücken ein.

»Schön hier«, sagt Mama.

Papa nickt.

Ari sieht den Strand entlang, entdeckt weiter weg ein
paar Menschlein, so weit weg, dass sie nicht sicher ist, ob
es zwei oder drei sind.

Mama macht die Sonnencreme mit einem Klacken zu, Ari
legt sich hin und dann sind alle still.

Nur das Meer rauscht, aber verhalten. Der Wind ist leise,
aber da.

Die Sonne summt.

Ari hat die Augen hinter Sonnenbrillengläsern geschlossen, wird träge. Schwimmschwer.

Ari döst. Hört, wie die Eltern sich leise unterhalten. Versteht nichts. Hat keine Träume und doch welche.

Hat dann Durst und ist wach.

Ari setzt sich auf und findet ihre Wasserflasche, trinkt
gierig.

Die Eltern starren sie an.

»Wollen wir dann weiter?«, fragt Mama.

Ari schluckt, wischt sich über den Mund, überlegt, ob sie noch mehr trinken will, hält die Wasserflasche unschlüssig in der Hand. Mama schaut von Papa zu Ari und nickt.

»Wieso das denn?«, fragt Papa. Papa hat seine Zeitung vor sich auf dem Boden liegen, hat die Ecken mit ein paar Steine beschwert. Der Wind rüttelt an den Seiten.

»Ich dachte, wir gucken uns heute noch ein paar mehr Strände an«, sagt Mama.

Ari trinkt halb in Minischlucken aus der Flasche, aber die Eltern schauen einander an und sehen sie eh nicht.

»Wir sind doch gerade erst angekommen«, sagt Papa.

»Du warst ja nicht mal im Wasser!«

»Du doch auch nicht«, sagt Mama, und das ist kein Argument.

Papas Augen im Schatten der Schirmmütze.

»Heike, das ist kein Wettrennen. Wir sind im Urlaub. Können wir vielleicht einfach mal kurz entspannen und hier sein und nicht gleich weiterhetzen?«

Mama schnauft.

Ari steht auf und geht den Strand runter. Ari entzieht sich. Lauscht, ob jemand sie ruft. Nein.

Ari geht an der Wasserlinie entlang, halb Wasser, halb Strand. Ari beugt sich runter und findet Dinge. Ein paar Muscheln. Seeglas in Blau, in Gelb. In Grün. Ari denkt an Bierflaschen. Wein.

Ari denkt an Menschen, die abends am Meer sitzen, um ein Feuer herum vielleicht, auf den Sonnenuntergang warten oder auf Sternschnuppen. Kitsch, denkt Ari und lächelt.

Das Handy liegt bei den Eltern. Ari sammelt Schönes,

bis eine Hand voll ist. Hat keine Taschen am Bikini. Hat keinen Beutel, hat keinen Hut.

Nur die hohle Hand, die jetzt voll ist mit Strandgut. Strandschatz.

Ari dreht sich um und sieht Mama, wie sie wadentief im Wasser steht und sich mit Wasser abspritzt. So kalt ist das Meer nicht, denkt Ari. Papa schaut zu Mama, schüttelt den Kopf, dann liest er wieder Zeitung. Ari wartet noch, bis Mama tiefer im Wasser ist, dann geht sie zurück. Steckt ihre Schätze in die Seitentasche vom Strandbeutel. Papa sagt nichts, liest, und Ari schaut zu Mama, die mit dem Kopf über Wasser schwimmt und sich die Haare nicht nass macht. Ari nimmt ihr Handy, legt sich ein Handtuch über den Kopf für Schatten und schreibt Elif.

Lass abhauen und Meerfräuleins werden.

Elif antwortet nicht. Ari wartet. Wartet. Elif ist offline. Ari schaltet das Handy aus und schaut aufs Meer, wo Mamas Kopf wie eine Boje durch die Wellen wackelt. Papa blättert um und schimpft leise mit den Nachrichten.

Ari legt die Hände auf die Knie, das Kinn obendrauf. Mama kommt wieder ans Ufer, steigt aus dem Wasser. Kommt zu ihnen und schüttelt ihre Haare über Papa aus.

»HEY!«, ruft Papa.

»Erfrischend!« ruft Mama.

»Scheiße«, sagt Papa und schüttelt eine Zeitungsseite.

»Hat doch gar nichts abgekriegt«, sagt Mama.

Papa schweigt.

Mama schüttelt sich Wasser aus dem Ohr, rubbelt mit dem Handtuch durch ihre Haare, setzt sich neben Ari.

»Langweilig?«, fragt Mama.

Ari zuckt mit den Schultern.

Ari überlegt, ob sie noch mal ins Wasser geht. Da sagt Mama zu Papa: »Lass demnächst mal packen und irgendwo essen fahren.«

Papa schnauft, dann faltet er laut seine Zeitung zusammen, steckt sie in Mamas Tasche, zieht sich sein Hemd an und steht auf.

»Ich bin fertig.«

»Witzig«, sagt Mama.

Papa steht da.

Mama dreht sich zu Ari und rollt mit den Augen. Ari trägt ihre Sonnenbrille und macht nichts mit den Augen, guckt nur.

»Na komm«, sagt Mama zu Ari, »los.«

Ari steckt ihre Sachen in ihre Tasche, zieht sich wieder an. Steht auf.

Mama muss sich noch die nassen Badesachen unterm Handtuch ausziehen.

»Jetzt zieh dich doch einfach um, hier ist doch außer uns kein Mensch!«, sagt Papa.

Mama lässt das Badetuch fallen, steht da halb nackt vor Papa und schaut ihn an. Ari guckt zu den anderen Menschen am Strand. Die sind immer noch weit weg.

Mama ist jetzt ganz nackt und macht nichts.

Papa schnauft, schnappt sich eine Tasche und sagt: »Ich bin dann beim Auto!«

Ari schaut Papa hinterher. Mama schaut Papa hinterher. Ari sieht sie nur von hinten. Mama guckt zu Ari, sagt »Kannst auch schon vorgehen, wenn du magst. Ich komm gleich.«

Leise sagt sie das.

Ari will Mama eine Hand auf die Schulter legen. Tut es nicht. Ari geht zum Auto, durch weichen Sand die Düne hoch, versinkt immer ein bisschen. Schnauft. Flucht nicht.

Papa sitzt im Auto auf dem Fahrersitz, hat seine Tür auf und einen Fuß auf dem Boden draußen, einen im Auto. Guckt kurz hoch, als Ari angestapft kommt. Papa nickt Ari zu, sie schmeißt ihre Tasche auf den Rücksitz und setzt sich ins Auto in die Mitte.

Papa schweigt laut und wartet. Ari schaut auf ihr Handy, aber Elif hat nichts geschrieben.

Nach ein paar Minuten sieht Ari Mama. Papa bleibt sitzen. Mama kommt mit zwei Taschen zum Auto. Packt die Taschen in den Kofferraum. Setzt sich auf den Beifahrersitz.

Papa lässt den Wagen an, aber er fährt nicht los.

»Wir haben nichts zu essen dabei. Entweder wir kaufen jetzt Proviant ein oder wir finden ein Restaurant.«

Papa sagt nichts.

»Und ich würde wirklich gerne noch diesen Tempel anschauen.«

Papa seufzt, macht den Wagen wieder aus, lehnt sich im Sitz zurück und reibt sich mit beiden Händen über das Gesicht.

Mama schaut ihm dabei zu und kaut auf ihrer Unterlippe rum.

»Erst essen?«, fragt Papa irgendwann, schaut Mama an, dann guckt er nach hinten zu Ari.

Mama und Ari nicken leise.

Papa startet den Wagen. Fährt los.

Irgendwann kommen sie an ein Restaurant. Sie essen was und trinken was und sitzen im Schatten. Die Eltern sind still und schauen aufs Meer. Ari schaut die Eltern an. Irgendwann sind sie fertig, Papa zahlt, Mama geht aufs Klo, Ari geht aufs Klo, Papa geht aufs Klo. Dann fahren sie weiter.

Ari lässt das Fenster runter und schaut raus zum Straßenrand. Sie hält die Hand raus und macht Wellenbewegungen im Fahrtwind. Handsurfen.

Die Eltern schweigen.

Aris rechte Hand wird kühler.

Sie könnten einfach so weiterfahren, die Eltern schweigen, der Fahrtwind rauscht, mit einem Ohr hört Ari Musik und das Licht ist goldgelbweich. Aber dann sagt Mama, dass da die Abfahrt für den Tempel kommt.

»War wohl doch nicht Aphrodite«, sagt Mama halblaut.

Papa folgt den Schildern und antwortet nicht. Sie halten, sie stehen da, da ist ein Ort mit Resten. Ein Ort, der mal war.

»So«, sagt Papa.

Er schaut hoch und runter. Mehr nicht. Verschränkt die Arme.

Mama liest auf ihrem Handy, liest ab, liest vor, was sie hier sehen, wann das intakt war und was seitdem passiert ist. Einiges.

»Dafür ist das ganz schön gut erhalten«, sagt Papa. »Wenn man bedenkt ...«

Mama schaut ihn scharf an. Papa wirft die Hände in die Luft.

Ari geht mit Mama einmal um die Überreste des Tempels, sagt nichts, nickt nur, und Mama liest weiter vor und hat irgendwann auch nichts mehr zu sagen und beschließt dann, dass es reicht.

Zurück zum Auto.

Ari macht noch ein Foto und schickt es Elif.

Ein Tempel. Nicht der von Aphrodite.

Die letzte Nachricht immer noch ungelesen.

Alles ok bei dir?

Ari starrt aufs Handy, aber nichts geschieht. Mama sitzt schon im Auto und ruft, dass sie schon im Auto sitzt, »Komm«.

Ari kommt und sitzt auch im Auto und sie fahren weiter.

Der nächste Strand ist gesperrt.

Sie fahren weiter.

Der nächste Strand ist zu klein.

Der danach zu felsig.

Der danach sehr weit weg.

Als sie ankommen, schaut Mama auf die Uhr. »Wenn wir jetzt wieder losfahren, sind wir zum Abendbrot wieder zu Hause.«

Papa und Ari stehen am Auto, die Türen offen, die Taschen noch im Auto.

Das Meer winkt ihnen vom Strand aus zu, ruft: »Was ist denn, kommt doch!«

»Einmal kurz reinspringen«, sagt Papa, und Ari fällt auf, dass Papa noch gar nicht schwimmen war. Nicht seit sie auf der Insel sind.

Mama nimmt die Schlüssel an sich, packt eine Tasche aus, drückt jedem ein Handtuch in die Hand, macht dann den Wagen zu.

Papa hüpft den Strand entlang, bleibt stehen, zieht sich das meiste aus, lässt es einfach fallen, und rennt dann ins Meer.

Mama steht da mit den Schlüsseln in der Hand und wartet. Ari setzt sich im Schneidersitz in den Sand. Zieht mit den Fingern Wellenlinien durch den Sand. Aris Zen-Garten.

Ari entdeckt eine winzig kleine weiße Muschel, nimmt sie vorsichtig auf die Fingerspitze und schaut sie an. Dann pustet sie die Muschel vom Finger in den Sand.

Ari schaut zu Papa. Papa hat sich in einen Buckelwal verwandelt. Er springt prustend aus dem Wasser, schmeißt sich dann wieder mit voller Wucht hinein. Japst. Schnauft.

Mama redet leise mit sich selbst. Ari hört weg. Streichelt den Sand, der eine kleine perfekte Minimuschel birgt, von der niemand außer Ari weiß.

Als Papa aus dem Wasser kommt, klatscht Mama langsam in die Hände und ruft: »Tolle Show!«

Sie hält Papa das Handtuch hin. Papa nimmt es, rubbelt sich Haare, Gesicht und Oberkörper ab, da sagt Mama schon: »Können wir jetzt?«

»Darf ich mich noch abtrocknen?«

»Es wird dunkel!«

»In ein paar Stunden!«

»Ja, aber da will ich nicht mehr fahren!«

»Ich fahre doch!«

»Ich will nicht mehr bei Dunkelheit auf der Straße sein!«

»Fühlst du dich mit mir als Fahrer etwa nicht sicher?«

»Das hab ich nicht gesagt!«

»Aber angedeutet! Und abstreiten tust du es auch nicht.«

Mama hat noch den Schlüssel in der Hand, dreht sich auf dem Absatz um und marschiert zum Auto. Ein paar Meter davor zielt sie auf den Wagen, es piept, die Lichter blinken, und Ari springt auf und klopft sich den Sand vom Po.

»Na komm«, sagt Papa und legt Ari eine Hand auf die Schulter. Er beugt sich zu seinen Kleidern, sammelt sie ein, zieht sich nur die Sandalen schnell an und geht mit Ari zum Auto.

Mama sitzt auf dem Fahrersitz, hat beide Hände am Lenkrad und starrt nach vorne.

Ari will sich schon nach hinten setzen, da schiebt Papa sie zur Seite. »Setz du dich mal nach vorne zu deiner Mutter«, sagt er und steigt hinten ein.

Ari sieht, wie Mama Papa aus dem Augenwinkel beobachtet.

Als alle sitzen, als alle Türen zu sind, als alle angeschnallt sind, startet Mama den Wagen und fährt los.

Ari kann Papa nur ein bisschen im Seitenspiegel sehen. Mama starrt nach vorne, das Navi bellt immer wieder Anweisungen.

Sie fahren zwei Stunden.

Zwei Stunden lang sagt keiner auch nur ein Wort. Es dämmert. Als sie im Ort ankommen, springt Ari raus, denn sie muss aufs Klo.

Sie steht vor der Haustür, bis Mama aufschließt, dann sprintet Ari ins Bad.

Ari sitzt auf dem Klo und lauscht nach draußen, hört Mama, hört Papa, aber kann nicht verstehen, was sie sagen, versteht nur, wie die Stimmen klingen. Dann geht eine Tür, laut. Ari bleibt sitzen, dabei ist sie fertig. Draußen passiert nichts. Draußen geht nur die Sonne unter. Ari wartet, dann steht sie auf, drückt die Klospülung, wäscht sich die Hände und schaut sich nicht im Spiegel an.

Leise geht sie aus dem Bad. Da ist niemand in der Küche. Auf der Terrasse sitzt niemand. Ari steht da, die Sonne geht unter. Die Katze sitzt auf der Mauer, leckt sich die Pfote und guckt Ari an, als hätte sie sie noch nie gesehen. Ari geht in ihre Zimmer und schließt die Tür. Sie zieht sich aus und rieselt Sand auf den Zimmerboden. Ari zieht sich frische Unterwäsche an. Dann legt sie sich ins Bett und zieht die Bettdecke über sich.

freitag

Ari hat Hunger. Ari wacht auf und hat Hunger, dann
fällt ihr ein, dass sie gestern Abend nichts gegessen hat.
Ari liegt auf der Seite, schaut zur Zimmertür, hinter der
vielleicht die Eltern sitzen, aber es ist still. Es ist so still.
Ari erschrickt kurz. Der Gedanke, dass sie allein ist. Die
Eltern weg, nur sie hier.
Ari schluckt die blöden Gedanken runter. Quatsch. Ari
starrt die Tür an, als könnte sie sie hypnotisieren.
Stille. Ari atmet. Dann setzt sie sich auf. Ihr Magen
brummt, jault, röhrt. Ari legt eine Hand darauf. Scht. Sie
zwirbelt eine Haarsträhne, klemmt sie hinters Ohr. Dann
steht sie auf und macht vorsichtig die Tür auf.
Auf dem Tisch steht ein Teller, der Brotkorb mit Brot, ein
Glas, ein Krug mit Wasser. Die Obstschale. Butter, Mar-
melade, Honig.
Ari lauscht. Aus dem Schlafzimmer hört sie Mama reden.
Ari schaut raus und sieht Papa auf der Terrasse Zeitung
lesen, mit dem Rücken zu ihr.
Ari setzt sich in der Küche an den Tisch, schmiert sich
ein Brot, isst Brot, trinkt Wasser, isst Trauben, einen
Pfirsich, zwei Aprikosen. Noch ein Brot. Noch eins. Mehr
Wasser. Dann ist Ari satt. Ari stellt ihr Frühstücksge-
schirr in die Spüle, räumt alles weg, räumt alles auf, geht
ins Bad. Komm irgendwann aus dem Bad, sauber. Die
Katze sitzt vor der Haustür und schaut in die Küche. Ari
guckt die Katze an. Und zuckt mit den Schultern.

Dann geht sie in ihr Zimmer. Ari zieht sich an. Greift in ihre Tasche, findet den Stein von vorgestern. Legt ihn in die Schale auf dem schmalen Tisch. Nimmt dann die Strandschätze von gestern aus der Badetasche und legt sie dazu. Dann setzt sie sich auf das Bettende und schaut die Schale an. Macht ein Foto. Schickt es Elif.

Alle Nachrichten seit gestern Mittag ungelesen. Alle. Ari atmet scharf ein. Ari atmet noch mal, reibt sich dann über die Augen.

Ari legt sich aufs Bett und versucht zu lesen. Liest dieselbe Seite drei Mal. Schaut wieder auf ihr Handy. Wann war Elif das letzte Mal online?

Ist was passiert? Ich mach mir Sorgen!

Ari starrt die Nachricht an und ist die Einzige, die sie liest.

Dann macht sie das Handy aus. Steckt es in die Tasche, nimmt ihr Buch, die Sonnenbrille und geht raus. Aus dem Zimmer, aus dem Haus, vorbei an Papas Rücken, weg.

Ari geht die Straße runter und niemand ruft sie zurück. Ari geht normal, nicht langsam, damit jemand sie zurückrufen könnte, nicht schnell, will nicht abhauen. Ari geht weiter und jeder Schritt weiter weg fühlt sich komisch an. Es ist nur ein Spaziergang, denkt Ari. Ich geh nur ein bisschen an die frische Luft. Ich vertrete mir die Füße. Ich schau mir die Gegend an. Erkunde sie. Ari geht die Gassen und Straßen entlang, es ist Morgen, alles ist wach und beginnt, begrüßt sich, macht Läden auf, kehrt, redet miteinander, startet Wagen und fährt weg. Kommt an und steigt aus. Ari ist nur irgendwer. Passt nicht hierhin. Alles an Ari schreit »Ich bin nur auf Urlaub«. Die

Sonnenbrille, die abgeschnittene Jeans, das bunte Hippiehemd. Die Sandalen in Pink. Das Buch unterm Arm. Ari schiebt die Sonnenbrille auf die Nase und schaut alles hinter braungelben Gläsern an. Bernsteinwelt.
Ari hat keine Musik in den Ohren, das Handy steckt still und stumm in der Potasche.
Ari findet einen Platz mit großen rauschenden Bäumen. Ari setzt sich auf eine Bank, sitzt da mit dem Buch in der Hand, das sie aufgeschlagen hat, das sie nicht anschaut.
Ari schiebt die Sonnenbrille in die Haare. Schaut, wie alles um sie herum geschäftig ist, was alles geschieht, und sie nimmt nicht teil. Ari hat einen Gedanken, den sie nicht greifen kann. Irgendwas Wichtiges. Irgendwas, wovon sie lernen könnte. Ein AHA!-Gedanke vielleicht. Aber weg ist er. Ari seufzt, versucht noch mal zu lesen, aber der Kopf sagt Nein danke und stellt sich stur. Ari legt das Buch zur Seite, schaut und ist einfach nur da. Wie die Bank. Wie der Baum über ihr. Der Boden unter ihren Füßen ist grau, staubig, Erde. Ari zieht mit der Sandalenspitze Spuren in den Dreck.
Hört ein Geräusch, das sie kennt. Das kenn ich, denkt Ari, und schaut hoch, sieht ein Mofa um die Ecke biegen und den Rücken von einem, der ohne Helm hintendrauf sitzt.
Ari fragt sich, wieso die zwei immer zusammen fahren. Warum es nur einen Helm gibt. Ari seufzt und wartet. So groß ist das Dorf, die kleine Stadt nicht. Ari sitzt auf dem Platz und wartet, ob das Mofa noch einmal um die Ecke kommt. Ob es diesmal hält.
Ari sitzt und wartet. Das Handy bleibt in der Hosen-

tasche und sagt ihr nicht, wie viel Zeit vergeht, während sie da sitzt. Während fünfzehn Menschen beim Bäcker einkaufen. Zwei Männer an der Ecke lange reden, bis eine Stimme ruft, und der eine Mann seine Hand an seine Mütze legt, sie leicht anhebt und geht. Ari sieht sieben verschiedene Katzen, sieht, wie zwei Katzen kämpfen. Sieht eine dritte, die das ignoriert. Eine Frau, die vor eine Tür tritt, sich die Hände an einem Handtuch abtrocknet, sich umschaut, bis eine Katze über die Straße springt und zu der Frau huscht, den hohen Buckel an den Beinen der Frau reibt. Wie die Frau mit der Katze redet. Sich nach unten beugt. Ruhige, warme Worte, und die Katze antwortet mit Schnurren, vielleicht mit einem Maunzen, mit ihrem Körper, der Wellen um den der Frau schlägt.

Ari hat die Hände auf der Bank abgestützt.

»Hello, Aaari«, sagt jemand und steht neben ihr.

Ari sieht den Jungen und blinzelt ihn an. »Hi!«

»How are you?«

Aris Lippen werden Grinsen, sie zuckt mit den Schultern, »Fine.«

»Fine«, sagt er und setzt sich.

Ari hält fast den Atem an, aber der Körper will Luft.

Wo ist dein Freund mit dem Mofa. Wie geht es dir. Wohnst du hier. Wie alt bist du. Hast du eine Freundin. Einen Freund. Hast du eine Katze. Hast du auch Ferien. Musst du arbeiten. Ist das dein Urlaub. Wohnst du immer hier. Wo sind deine Eltern. Haben dir deine Eltern auch Frühstück auf den Tisch gestellt. Sind deine Eltern noch zusammen. Streiten sich deine Eltern. Willst du meine Nummer.

Ari atmet.

Dann schaut sie ihn an.

»What's you name?«, fragt sie.

»Pegasos.« Er grinst. »Like the horse, you know?«

Ari weiß und lächelt. Mit Flügeln, denkt sie.

»But I cannot fly.« Er macht kleine Flatterbewegungen mit seinen Händen.

Ari gluckst. Das macht sie sonst nie. Wenn Elif jetzt hier wäre, würde sie sie komisch angucken. Ari guckt sich selbst komisch an. Von innen.

»Soooo«, sagt er und lehnt sich zurück. Verschränkt die Hände im Nacken und macht die Augen zu und spricht nicht zu Ende.

Der muss nicht arbeiten, denkt Ari. Der sitzt hier und hat Zeit. Vielleicht Zeit für Ari.

Und Ari hat ja auch Zeit. Viel.

»Soooooo«, sagt Ari und schaut ihn an.

Pegasos guckt mit einem Auge zu ihr rüber und grinst. Aris Bauch.

»Can I show you around?«, fragt er.

Ari beißt sich auf die Lippe und nickt. Er steht auf und zieht sie hoch, kurz hat er noch ihre Hand in seiner. Lässt sie ganz leicht wieder fallen und schaut sich um. »This ist a place«, sagt er und hat die Arme ausgebreitet, dreht sich halb hin und her. Schau. Ein Ort.

Ari kichert und sagt »Wow«.

»Wow!«, sagt er auch und nickt ihr zu und lacht ein bisschen und leise.

»Let's go!«, ruft er, als wäre Ari Teil einer Reisegruppe.

Let's go, sagt ihr Kopf.

Er schaut sie an, als er einen Halbschritt vor ihr hergeht, grinst, lacht, und Ari lacht auch. Er geht etwas schneller als Ari und sie versucht Schritt zu halten. Irgendwann merkt er es, hält inne, steckt die Hände in die Taschen. Er sieht aus, als würde er was sagen wollen, kramt im Kopf nach den richtigen Vokabeln, dann lacht er nur. Ari lächelt ihn an. Sie gehen, schlendern, Schulter fast an Schulter. Aris Augenwinkel ist voll mit ihm, aber sie schaut nach vorne. Wo gehen wir hin.

»How old are you?«, fragt er plötzlich

»Thirteen«, sagt Ari. Im Oktober werde ich vierzehn. Aber dann bin ich nicht hier.

»Oh, I am older than you!«, sagt er triumphierend. Er tippt sich auf die Brust.

»I am fourteen!«

Ari nickt, lächelt. »Very old«, sagt sie.

»Grandpa«, sagt er.

Jemand ruft ihm zu und er winkt und ruft zurück. Er schaut Ari an. »Is my uncle«, sagt er.

Also wohnt er hier, denkt sie. Oder wenigstens hat er Familie hier. Vielleicht ist die auch nur auf Urlaub. Vielleicht ist die Insel im Winter leer. Papa hat so was gesagt. Ari fragt sich, ob es hier schneit. Ob dann wirklich alle Häuser leer und alle Menschen wieder auf dem Festland sind. Sommerinsel. Ari schaut hoch, er ist noch da. Dann sagt er »Wait here« und geht in einen Laden.

Ari steht vor dem Laden. Wartet. Pause. Ari wartet, dass das Lied weitergeht. Ein Vogel fliegt vorbei. Ari lehnt sich auf den linken Fuß, dann auf den rechten, hin, her. Schaut, ob jemand sie anguckt.

Er kommt aus dem Laden, lacht laut, als hätte ihm jemand einen Witz erzählt. Hält zwei kleine Flaschen in der Hand, »Lemonade«, sagt er.

Er drückt Ari eine in die Hand, sie ist kalt, das Glas schwitzt.

»Thank you«, sagt Ari.

»You're welcome!«, sagt er. Er macht seine Flasche auf, trinkt aus ihr, setzt ab und macht »Aaaah«. »It is good!«, sagt er.

Ari nickt. Er guckt sie an, bis Ari selbst trinkt, bis sie nickt und sich über die Lippen wischt.

Zitrone. Sauersüß.

Sie gehen weiter, Ari hat die Flasche am Hals, die Flasche schlenkert mit ihren Schritten.

»You like music?«, fragt er.

»Yes«, sagt Ari.

»I play the guitar!«, sagt er und tippt sich wieder auf die Brust.

»Cool!«, sagt Ari.

»You play the guitar?«, fragt er. Ari schüttelt den Kopf. Ich hab's mal versucht, denkt sie, aber ich hab das mit den Griffen nicht hinbekommen. Ich hätte üben sollen, aber es hat keinen Spaß gemacht. Die Gitarre war nur ausgeliehen. »Und deswegen haben wir dir keine eigene Gitarre gekauft«, hat Mama gesagt. Ari hat nach einem halben Jahr mit Gitarre aufgehört. Ich konnte mal Flöte spielen, aber irgendwann hat einer in der Schule einen Witz über Flöten gemacht, da wollte ich nicht mehr.

»You sing?«, fragt er.

Ari zuckt mit den Schultern.

»You sing!«, sagt er.

»Sometimes«, sagt Ari zögerlich, halblaut.

Ich war im Chor, denkt Ari, aber wir haben nur Volkslieder gesungen. Dann bin ich nicht mehr hingegangen.

Aber Ari singt, wenn sie allein daheim ist, wenn sie ihre Musik laut macht, mit Elif zusammen, wenn es nicht singen, sondern sich gegenseitig den Text zubrüllen ist.

»Aaah!«, sagt er. »We can make music, you sing, I play the guitar.«

Und dann werden wir reich und berühmt, denkt Ari. Ich trage glitzernde Kleider, und du schaust mich immer an, wenn ich singe. Wir reisen durch die Welt.

Ari lächelt.

Sie laufen aus dem Dorf raus. Er zeigt auf einen Hügel und Ari nickt. Sie gehen den Hügel hoch, er schaut über seine Schulter zurück zu Ari, hält ihr seine Hand hin, aber Ari schüttelt den Kopf und grinst ihn an. Ich kann das.

Er dreht sich wieder nach vorne. Er wollte meine Hand halten, denkt Ari und schlägt sich fast auf die Stirn. Zu spät.

Ari sagt leise Sorry, aber er hört es nicht.

Als sie oben sind, lässt er sich auf den Boden fallen und schaut hoch zu ihr. Er sitzt im Schneidersitz, die Knie hoch, lehnt die Unterarme drauf.

Ari setzt sich und trinkt ihre Limo leer.

Aris Handy piept, Mama fragt, wo sie ist, Ari antwortet, spazieren.

Mama macht den Daumen nach oben.

Er schaut sie an. Ari macht eine wegwerfende Bewegung. Er guckt weiter.

»My mother«, sagt Ari.

»Ah«, sagt er, versteht. »Do you have brother? Sister?«, fragt er.

»No. Do you?«

»Yes«, sagt er. »One brother, two sisters, but they are older, much older«, sagt er.

Steinalt, denkt Ari und stellt sich runzlige, weißhaarige Schwestern vor.

Vielleicht ist der Junge mit dem Mofa sein Bruder. Wie heißt Mofa auf Englisch.

Ari schaut sich um und sieht keine Ziegen. Nur unten irgendwo das Dorf, da irgendwo die Eltern, seine Eltern, seine Geschwister, vielleicht Freunde. Ari stellt die Limo neben sich ab, dreht die Flasche in den Dreck.

Magst du deine Geschwister. Ich hätte gerne welche. Ich habe eine beste Freundin, die nennt mich manchmal ihre Schwester. Dabei hat die selbst welche. Ich bin oft bei Elif. Aber Elif ist bei ihrer Familie, auch am Meer.

Ari schaut in Richtung Meer.

Merkt, dass Pegasos sie anschaut. Ari guckt ihm in die Augen. Dann senkt er den Blick und streichelt mit einem Finger über ihren Handrücken. Alle Härchen werden zu kleinen Antennen und senden Aris Gehirn: Er streichelt mich.

Ari schaut dem Finger zu, wie er unsichtbare Linien auf ihrem Handrücken macht. Ari hält halb die Luft an. Atmet nur ganz leicht. Alles Zeitlupe. Er sagt nichts und atmet, Ari atmet.

Ari hält still. Ist das richtig so. Mach ich was falsch. Muss ich auch was machen. Dann schaut er sie wieder an, und Ari ihn, so lange Wimpern, wie ungerecht, denkt Ari, und er guckt, da piept Aris Handy dreihunderttausend Mal hintereinander, weil Mama nur kleine Nachrichten schreibt, weil Mama schreibt, dass sie jetzt Pause macht, dass es bald Mittagessen gibt, ob Ari heimkommt, dann, dass Ari mal heimkommen soll, dass sie sich überlegen, was sie den Rest des Tages machen, Ari macht den Daumen hoch und schaut dann wieder ihn an, aber er streichelt nicht mehr, er lehnt sich wieder nach vorne und guckt auch in Richtung Meer und Dorf und weg.

»You have to go?«, fragt er.

Ari nickt.

»Okay«, sagt er und steht auf. Er trinkt seine Flasche leer und schmeißt sie einfach irgendwohin. Ari hört, wie das Glas auf trockenen Boden aufkommt. Er grinst kurz, steckt die Hände in die Taschen, geht los.

Ari hebt ihre Flasche auf und geht ihm hinterher. Er pfeift und schaut sich nicht um.

Was kann ich denn dafür, denkt Ari. Und hast du noch nichts von Mülltrennung gehört. Oder von Umweltverschmutzung. Pollution fällt Ari ein. Stimmt das? Recycling. Das Streicheln ist meilenweit weg, ist lange vergangen, liegt in einem anderen Land, auf einer anderen Insel, ist einem anderen Mädchen passiert, denn Ari geht den Hang runter und er schaut nicht zurück. Geht und pfeift und Ari erkennt die Melodie nicht.

Als sie im Dorf sind, bleibt er plötzlich stehen, dreht sich um und guckt Ari an.

»I see you tomorrow?«, fragt er.

Tomorrow, denkt Ari.

Und will mit den Schultern zucken, aber dann sagt sie schnell »Okay.« Und bevor sie fragen kann, wann und wo und was machen wir dann, verbeugt er sich groß und sagt »Goodbye, Aaari«, dreht sich um und rennt eine Gasse runter.

Ari steht da und schaut, aber er ist weg.

Vielleicht kann er doch fliegen, denkt Ari.

Tomorrow heißt morgen.

Ari schaut sich um und findet sich zurecht, dann geht sie zurück zum Haus.

Die Tür steht offen, Mama steht am Herd und schaut den Wasserkessel an.

Da ist kein Essen. Mama hat doch was von Mittagessen geschrieben.

Die Katze kommt angelaufen, setzt sich vor Ari hin und fragt laut, wo Ari war.

Mama guckt zu Ari.

»Da bist du ja«, sagt sie, dann ruft sie »Achim, Ari ist wieder da«.

Ari hört Geräusche aus dem Elternschlafzimmer, Mama lacht.

Ari geht ins Badezimmer, will sich die Hände waschen und merkt, dass sie immer noch die Limoflasche in der Hand hat. Sie setzt sie am Waschbecken ab, wäscht sich die Hände, streicht mit den feuchten Händen die Haare glatt und guckt sich an, aber Ari sieht nichts Neues. Sie nimmt die Flasche und stellt sie im Schlafzimmer auf den kleinen Tisch neben die Schale.

Ari steht da und schaut sich alles ein bisschen an.

Sie nimmt ihr Handy in die Hand, entsperrt es, hält inne. Macht den Chat mit Elif auf. Nichts.

Er heißt Pegasos. Der Junge. Ich hab ihn heute wieder gesehen und wir waren spazieren. Er spielt Gitarre und hat mir eine Limo gekauft. Er hat mir die Hand gestreichelt.

Ari überlegt, dann löscht sie den letzten Satz.

Ich glaub, ich habs vermasselt

Ist dein Handy kaputt? Ist alles ok?

Bitte bitte lies mal deine Nachrichten.

Ari denkt, dass sie das ja ins Leere schreibt. Als würde man einer Tür sagen »Mach mal auf«, ohne dass jemand dahintersteht. Sie schüttelt den Kopf. Schnauft.

Jedenfalls hat er gefragt, ob wir uns morgen wiedersehen.

Vielleicht meldet sich Elif bis morgen. Vielleicht auch gleich.

Ari starrt das Handy an, es tut sich nichts.

»Ari!«, ruft Mama von draußen.

Ari schnauft die Zimmerdecke an und rollt mit den Augen. Dann geht sie in die Küche.

»Ich hab jetzt doch noch einen Call reinbekommen. Aber geh du mal mit Papa an den Strand, wir sehen uns dann später, ja?«, sagt Mama und schaut auf ihr Handy.

Ari hat Papa immer noch nicht gesehen. Mama sagt noch »Okay?« und antwortet sich selbst mit einem Nicken. Dann geht sie ins Schlafzimmer.

Ari guckt aus der Tür auf die Terrasse. Da ist kein Papa.

Ari geht raus, geht ums Haus, steigt die Leiter hoch. Nichts.

Sie kommt wieder runter, steht da, schaut hin und her. Geht wieder ins Haus.

Lauscht. Geht auch ins Bad. Da ist niemand.

Vielleicht hat Papa sich in Luft aufgelöst. Vielleicht ist er schon ohne Ari an den Strand gefahren. Aber das Auto steht noch draußen.

Die Katze kommt an, weil die Katze hier wohnt. Die Katze kommt und maunzt und weiß auch nicht, wo Papa ist, hätte aber gerne was zu essen. »Ich hab nichts für dich«, sagt Ari.

Die Katze ist empört und dreht sich auf dem Absatz um.

Ich hätte auch auf dem Hügel bleiben können, denkt Ari. Wenn wir wenigstens ein Haus unten am Meer hätten, dann könnte ich jetzt da am Strand sein. Ohne Papa. Ohne Auto.

Ari wartet, dann geht sie zu dem Blumentopf und greift blind dahinter. Aris Hand findet und greift, dann hält Ari das Zigarettenpäckchen. Sie schaut sich um. Steigt dann schnell aufs Dach und steckt die Zigaretten da in eine kleine Lücke in der Mauer.

Sie hockt sich davor und schaut. Sieht man nicht. Ari atmet tief und merkt ihr Herz, laut.

Sie setzt sich im Schneidersitz auf den Boden und schaut aufs Dorf.

Ari macht die Augen zu. Ist das Meditieren? Sie atmet langsam ein, langsam aus, und an ihrem Bein kribbelt was Kleines. Und am linken Oberschenkel pikt ein Steinchen. Ari hält die Augen geschlossen und wischt vielleicht ein Insekt oder eine Ameise weg, dann rutscht sie ein bisschen zur Seite. Atmet ein. Atmet aus. Legt die Hände in den Schoß. Versucht in einem Rhythmus zu atmen.

»AAARIIIII!«, schreit Papa von direkt untendrunter.

Ari steigt die Leiter runter, steht vor Papa.

»Was ist denn, bist du fertig, können wir fahren?«, fragt er.

Ari geht wortlos an ihm vorbei in ihr Zimmer, schnappt sich ihre Strandtasche, zieht sich schnell den Bikini an, Kleid drüber, hofft, dass sie alles hat.

»Wo warst du denn?«, fragt Papa, als sie wieder vor ihm steht, aber er geht dabei schon zum Auto und steigt ein. Als Ari sitzt, läuft die Musik und Papa singt mit, der

Wagen läuft, die Klimaanlage läuft, er schaut sie kurz an und singt ihr ins Gesicht, bevor er losfährt.

Papa fragt nicht, an welchen Strand Ari fahren will, Papa hat schon entschieden, und so fährt er auch. Mit Ziel. Ohne zu zögern.

Ari fragt sich, ob er vielleicht einen neuen Strand ausprobiert. Sie könnte fragen, aber die Musik ist laut, Papa ist laut, die Luft aus der Klimaanlage ist laut, und Ari bleibt still.

Papa fährt den Hügel runter, fährt, bis Ari merkt, dass sie den Weg kennt, weil sie da schon Dienstag waren. Der erste Strand. Papa fährt denselben Parkplatz an, parkt, steigt aus, wartet auf Ari und pfeift. Papa hat keine Tasche, kein Handtuch dabei, Schlüssel, Handy, Portemonnaie geht alles in die Hosentaschen, die Zeitung unterm Arm. Ari schleppt wieder die große Strandtasche mit der Matte rum.

Papa geht vor, kauft keinen Kaffee, und Ari schlurft in der Mittagshitze hinter ihm her. Ihre Sonnenbrille rutscht die Nase runter.

Papa guckt sich um zu Ari, »Warm, ne?«, sagt er und pfeift weiter.

Als sie am Strand ankommen, als Ari ihre Tasche auf den Boden fallen lässt, die Tasche umkippt und Sachen in den Sand spuckt, steht Papa da, macht keine Anstalten, sich zu setzen.

»Ich geh mal wieder ins Restaurant. Wenn du Hunger hast oder so, du weißt ja, wo ich bin.«

Er nickt, grinst und dreht sich um. Ari schaut Papa hinterher, wie er geht, sich an einen Tisch setzt, kurz winkt und dann die Zeitung aufschlägt. Liest.

Ari steht da und fasst es nicht.

Papa guckt nicht mehr zu ihr, also lässt sie sich in den Sand fallen und starrt vor sich hin.

Ari flucht leise.

Dann nimmt sie die Tasche, merkt, sie hat ihr Buch vergessen, das Wasser ist halb leer, das Badetuch noch sandig, feucht und welk von gestern.

Ari flucht noch ein bisschen, dann zieht sie sich das Kleid über den Kopf und stampft zum Wasser, stampft durchs Wasser, bis es tief genug ist, dann springt sie kopfüber hinein.

Ari schwimmt raus, vorbei an Kindern, vorbei an einem Pärchen, vorbei an ein paar Luftmatratzen.

Dann kann sie den Boden nicht mehr sehen, und da ist auch niemand, der sie hören kann, also flucht Ari laut, über Papa und Mama und warum kann man verdammt noch mal nicht einfach Urlaub haben, warum muss Ari immer mitkommen, und nächstes Mal können die alleine fahren, Ari fährt mit Elif, und dann entscheidet sie, was sie macht, an welchen Strand sie dann fährt, und dann bleibt sie auf dem verdammten Hügel mit dem Jungen und lässt sich die Hand streicheln, und dann isst sie, wann und was und wo SIE will, und garantiert werden keine dämlichen Sehenswürdigkeiten angeschaut, keine Kirchen oder Tempel oder sonst was Historisches. Und wenn sie ans Meer fährt, dann fährt sie auch ans Meer und nicht irgendwo in die Pampa, wo der Hund begraben ist und du nicht tot überm Zaun hängen willst, wo NICHTS passiert, und wenn dann doch mal was passiert, dann ruft scheiß Mama an und stört, und »AAAAARRRGGHHHH!«, dann schreit Ari einfach mal so und haut aufs Wasser, weil sie mal irgendwas hauen muss. Scheiß Ferien. Verkackter Urlaub.

Ari taucht ab und schreit noch einmal, lauter, ins Wasser, und es gurgelt.

Ari hat Salzwasser im Mund.

Scheiß Salz. Scheiß Eltern. Scheiß Elif, die nicht schreibt.

Dann radiert Ari ganz schnell den letzten Satz aus ihrem Kopf, weil wer weiß, was bei Elif gerade los ist. Und Elif schreibt sonst IMMER, wirklich immer. Also ist bestimmt nur was Blödes los, Handy kaputt oder so, weil was Schlimmes darf es wirklich nicht sein. Ari tritt Wasser und dreht sich ein bisschen um die eigene Achse. Dann legt sie sich auf den Rücken und schaut den Himmel an und hört dem Meer zu. Und dann beruhigt sich Ari.

Schwimmt langsam wieder zum Strand zurück, geht zu ihrer Tasche, die noch da ist, faltet die Matte auseinander, trocknet sich nicht ab, cremt sich nicht ein, setzt sich die Sonnenbrille wieder auf und legt sich hin. Dann träumt Ari.

Von Ferien mit Elif. Von Pegasos. Von morgen.

Träumt und schläft nicht. Denkt an Pegasos, der morgen früh vor der Tür steht, der auf sie wartet, mit einer Limo, mit einem Mofa, mit Blumen in der Hand, einem ganzen Strauß, das macht man doch so. Mit einem breiten Grinsen. Mit weißen Zähnen und wilden Haaren. Mit Händen. Mit einem Auto, weil er Auto fahren kann. Mit einer Gitarre auf dem Rücksitz. Sagt, dass er ihr die Insel zeigt. Das Auto ist ein Cabrio. Aris Haare flattern im Wind wie in alten Filmen, sie lachen sich an und fahren die Küste entlang. Sie tragen Sonnenbrillen und schauen sich trotzdem tief in die Augen. Sie fahren zu einem Strand, mit Palmen (Ari hat hier keine Palmen gesehen, aber das ist egal), mit weißem Sand und blautürkis-schönstem Wasser, glitzerndem, funkelndem. Ari trägt ein buntes wallendes Flatterkleid, das im Wind weht. Ari trägt einen Hut. Ari trägt keinen Hut. Ari hat die Hand an der Stirn und schaut zum Horizont. Pegasos umarmt Ari von hinten. Pegasos sagt was Bedeutendes. Was Roman-tisches. Was Lustiges. Ari lacht und läuft zum Wasser. Ari trägt plötzlich nicht mehr das Kleid, sondern einen roten Bikini. Einen goldenen Bikini. Einen weißen Bikini. Der aber nicht durchsichtig ist. Ari springt in die Wellen und Pegasos hinterher. Dann umarmt er sie wieder und küsst sie. Im Meer. Aber da, wo man noch stehen kann. Genau. Pegasos küsst sie im Meer und dann am Strand. Dann laufen sie den Strand entlang, Hand in Hand. Dann spielt er ihr was auf der Gitarre vor. Und Ari singt dazu. Pegasos schaut sie verliebt an. Hört auf zu spielen, weil er so verliebt ist und sie wieder küssen muss.

Die Sonne geht unter und sie tanzen in einem Club. In einem Club am Meer. Unter freiem Himmel. Elif ist auch da und tanzt auch. Bunte Lichter. Pegasos steigt auf eine Bühne mit einer Gitarre und spielt ein Lied für Ari. Alle Mädchen schauen ihn an, aber er geht durch die Menge zu Ari und hat nur Augen für sie. Alle Mädchen wären gerne Ari.

Pegasos und Ari sitzen am Strand und schauen, wie die Sonne aufgeht.

Ari hat Hunger. In echt.

Sie macht die Augen auf, liegt auf dem Bauch und blinzelt zum Restaurant, dessen Terrasse im Schatten liegt. Ari sieht vielleicht Papa. Sie schnauft und hat keine Lust auf Papa. Hätte gerne selbst Geld dabei, würde gerne jetzt ihre Sachen nehmen, Papa da sitzen lassen und irgendwo anders was essen. Ohne Papa. Ohne »Immer isst du dasselbe, probier doch mal was Neues«.

Und danach ein Eis. Und eine Cola. Oder zwei.

Ari setzt sich auf und kramt in ihrer Tasche. Da ist kein Geld. Da ist auch kein Apfel. In Deutschland hat Ari immer, IMMER einen Apfel dabei, manchmal sogar einen Müsliriegel. Hier nur Sand und Sonnencreme.

Alles ist falsch hier.

Ari klaubt ihre Sachen zusammen und stopft sie in die Tasche, stampft zu Papa, und leider kann er das nicht hören. Ari würde gerne Elefantenschritte machen. Macht Sandschritte.

Aris Füße wechseln von Strand zu Asphalt zu Terrasse. Ari sieht Papa. Papa sieht Ari nicht. Aber die Frau sieht Ari. Und macht ein Gesicht, während sie weiter mit Papa redet, den Jungen auf dem Schoß, der jetzt ein Eis isst, dem das halbe Eis übers Kinn auf den Hals und das T-Shirt fließt, in Rot und Blau und klebrig. Das Kind sieht Ari nicht, das Kind ist in Eislutschtrance.

Die Frau redet und deutet mit dem Kinn zu Ari, den Sohn auf dem Schoß interessiert es nicht, Papa braucht lange, aber dann dreht er sich um, eine Hand auf der Plastik-armlehne des Plastikstuhls. Papas Wirbelsäule knackt wie Popcorn.

Papa guckt Ari an, die Frau redet weiter und Papa nickt zu Ari und dreht sich wieder zu der Frau.

Ari steht am Rand der Restaurantterrasse. Der war ver-

abredet, denkt sie. Nein. Doch. Nein. Und wenn. Ari
klebt fest. Papas Arm greift nach hinten in die Luft, in
Aris Richtung, winkt sie herbei, na komm schon, aber er
schaut sie nicht an. Die Frau fixiert Ari. Nur kurz hüpft
der Blick zu Papa, wie ein Mückchen. Ari schleicht vor-
wärts. Der war verabredet. Warum denn sonst genau der
Strand. Wenn er den doch gar nicht mochte. Wenn sie so
viele bessere Optionen gehabt hätten.
Papas Hand kriegt jetzt Ari zu fassen, zieht sie zum
Tisch, streicht ihr einmal über den Arm.
»Hunger?«, fragt Papa.
Die Frau grinstlächelt Ari schief und krumm an.
»Hallo«, flötet sie.
Papa winkt derweil den Kellner zu sich. Der kommt,
der braucht, dem ist warm. Der Kellner ist da, und Papa
bestellt für Ari, ohne sie zu fragen. Bestellt das, was sie
immer bestellt. Ari steht halb vor dem Stuhl.
»Na komm, setz dich«, sagt Papa, und Ari folgt. Papa
bestimmt. Papa bestimmt den Strand, bestimmt, was Ari
isst, bestimmt, dass Ari sitzt.
Ari würde gerne was anderes essen wollen, aber eigentlich stimmt das schon, was Papa bestellt hat. Trotzdem.
Die Frau schaut Ari aufmerksam an. Hat sie was
gefragt?
Ari starrt die Frau an. Papa redet los, als sei Ari gar nicht
da, erzählt weiter, weil Ari ihn wohl unterbrochen hat,
erzählt aus seinem Leben, von seinem Beruf, erzählt, was
Mama macht, und Ari möchte schreien, dass das die Frau
nichts angeht.
Das Kind auf dem Schoß der Mutter hat kein Eis mehr,

hat nur noch einen klebrigen Holzstiel in der Hand und im Mund und versucht das Letzte aus ihm rauszuholen. Da ist nichts mehr. Da ist nur noch nasses Holz. Der Junge fängt an zu wimmern, zu jammern, schmeißt den Eisstiel auf den Boden. »NEIN!«, sagt seine Mama bestimmt. Der Junge macht einen Laut. Ein Müpfen. Die Frau schaut Ari an, zuckt mit den Schultern, zwinkert Ari zu. Ari starrt die Frau an, ohne mit der Wimper zu zucken.

»Ich bin übrigens die Sanni.« Ari sagt nichts. Sanni. Die Sanni.

Der Junge windet sich wie eine genervte Raupe. Die Sanni versucht ihn auf ihrem Schoß zu halten. Er rutscht ihr durch die Arme, nölt, maunzt, sagt irgendwann laut »NEIN!«.

Die Sanni zuckt mit den Schultern, zu Papa, zu Ari, keine Antwort von Ari, Papa trinkt einen Schluck und schaut zum Kellner, der am Tresen sitzt, das Kinn in der Hand, aufs Meer schaut und Papa vergessen hat.

»Ich glaub, wir gehen dann mal«, sagt die Sanni. Sie nimmt das Kind an der Hand, versucht es, versucht ihn in einen Buggy zu schnallen, gibt auf, raunt ihm was zu. Und verschwindet dann schulterzuckend.

Papa grinst Ari halb zu und winkt dann dem Kellner. Laut. Der Kellner wacht auf, seufzt und kommt zum Tisch, Papa bestellt für sich Wasser und Kaffee. Dann zieht er die Zeitung aus der Tasche, faltet sie auf dem Tisch auseinander.

Ari starrt Papa an, aber an Papa prallt das ab. Er schaut nicht mal hoch, als sein Kaffee und Wasser kommt, als dann Aris Essen kommt.

Ari isst und Papa liest.

Irgendwann, da ist Ari schon fertig mit Essen, da ist der Kellner schon da gewesen, hat alles abgeräumt, hat Papa auch angeschaut, aber der hatte noch Kaffee und Wasser, irgendwann später also räuspert sich Papa, schlägt die Zeitung zu, faltet sie zu einem kleinen Rechteck, sagt »Wollen wir?« und steht auf, um am Tresen zu zahlen. Was wollen wir, denkt Ari.

Wollen wir an einen anderen Strand. Wollen wir noch zu anderen Verabredungen. Wollen wir wieder nach Hause fahren, nach Deutschland. Wollen wir uns einen neuen Strand suchen.

Papa will zahlen, dann will er aus dem Restaurant, dann will er zum Parkplatz und ins Auto, dann will er das Auto starten und den Weg wieder zurück nach oben ins Dorf fahren, wo Mama ist, Papa will nicht reden. Ari will nicht reden, aber das merkt Papa nicht, weil er Radio hört, weil er manchmal etwas brummt, was dem Radio, den Moderatoren, der Musik gilt, aber nicht Ari, die neben ihm sitzt und Heimweh hat.

Sie kommen an, Papa pfeift halblaut und geht ins Haus, legt die Zeitung auf den Küchentisch neben Mama, die da sitzt und nur kurz zu ihm hochschaut. »Ich leg mich mal hin«, sagt Papa. Mama nickt und Ari steht in der Küche und wartet. Papa geht ins Schlafzimmer der Eltern, zieht die Tür zu, leise und bestimmt. Mama sagt halblaut zu Ari, dass sie noch ein bisschen was macht.

»Aber wir können ja nachher noch ein bisschen spazieren gehen, wenn du magst, ja?« Mama schaut sie gar nicht an und nickt sich selbst zu, während sie weiter auf den Bildschirm schaut. Ari antwortet nicht, geht in ihr Zimmer, schließt die Tür.

Sie presst ihren Rücken gegen die Tür, stemmt sich in die Knie. Ari schnauft und das Herz pocht und hämmert und rennt.

Ari nimmt das Handy, Elif ist nicht da, Elif liest immer noch nichts. Ari wird schwindelig und sie rutscht an der Tür zum Boden herab, starrt aufs Display, wo nichts passiert. Ein paar schreiben in den Klassenchat, aber das ist egal, da ist keine Elif.

Hilfe.

S.O.S.

Nichts.

Ich weiß nicht, was hier passiert. Ich kann dir auch keine Sprachnachricht aufnehmen, weil Mama mich dann hört.

Nichts.

Ari atmet ein und aus, langsam, zählt bei jedem Atemzug.

Ich weiß nicht.

Aber vielleicht bilde ich mir das auch nur ein. Keine Ahnung.

Fuck.

Ari lauscht nach draußen, dann geht sie ums Bett, legt sich zwischen Bett und Fenster auf den Boden und beginnt eine Sprachnachricht, flüstert:

»Meine Eltern streiten sich nur noch. Mama muss arbeiten und Papa motzt, und heute hat der sich … da war diese Frau am Strand am Dienstag, und die war heute wieder da, und Papa mochte den Strand eigentlich nicht, aber heute sind wir trotzdem hingefahren. Und da war die Frau wieder. Und Mama weiß, glaub ich, nichts davon. Und gestern haben die sich auch nur … also, nicht gestritten. Aber … es ist so eklig alles. Die mochten sich doch mal, oder? Du hast das doch auch gesagt, dass das nicht normal ist, wie lieb Mama und Papa miteinander sind. Und jetzt ist alles Scheiße. Die schnauzen sich an und … die reden gar nicht mehr so wie sonst. Ich weiß nicht. Alles ist falsch.

Ich will nach Hause. Du fehlst mir. Jetzt muss ich hier noch … Scheiße, wir haben gerade mal die Hälfte um. Und das wird echt jeden Tag schlimmer. Mann, wo bist du denn, ist dein Handy kaputt, oder was? Bist du krank? Bitte, bitte, bitte, bitte melde dich mal! Ich dreh sonst durch!«

Ari liegt auf dem Boden und weint leise. Hört keiner. Hat auch keiner gehört, was sie Elif erzählt hat. Kommt keiner rein und sagt »Mensch Ari, du Armes, was ist denn los?«, nimmt sie keiner in den Arm, sagt ihr keiner, dass alles gut wird, dass alles gut ist, dass die Eltern aufhören sich zu streiten, dass sie sich lieb haben wie immer. Mama, Papa und Ari, die drei Musketiere.

Ari wischt sich mit dem ganzen Unterarm über die Augen und setzt sich auf. Sie lehnt sich ans Bett, sitzt ein Weilchen, steht dann auf, geht ins Bad und wäscht sich das Gesicht kalt. Dann geht sie raus.

Die Katze sagt Hallo. Die Katze will kein Essen, sie schnurrt und steigt hinter Ari die Leiter aufs Dach rauf. Steigt Ari auf den Schoß, als die sich setzt, und rammt ihr den Kopf in Hand und Arm, los, streicheln, sagt die Katze auf Katzengriechisch. Ari lacht leise. Frontalschmusen. Ari streichelt die Katze und holt sich vielleicht Läuse und Flöhe und Würmer und Tollwut und was man sich alles von wilden Tieren holen kann. Egal. Die Katze schnurrt. Ari hat gelesen, dass Katzenschnurren Knochen heilen lässt. Doktor Katze kümmert sich um Ari. Dann lässt sich die Katze nieder, putzt sich und rollt sich ein, schließt die Augen. Aris Finger streichen nur noch federleicht über die Katzenstirn.

So bleibt Ari sitzen, mit der Katze im Schoß, wagt es nicht, sich zu bewegen, und wenn das so ist, wenn Ari bis ans Ende aller Tage hier sitzen muss, weil die Katze da liegt und schläft, dann ist das jetzt so. Dann muss sie nie mehr zur Schule, muss niemandem sagen, was sie mal werden will, muss sich nichts fürs Berufspraktikum ausdenken, muss kein Abitur machen, nicht studieren, muss keine Ausbildung machen, muss nicht die Welt retten. Sitzt einfach hier bis in alle Ewigkeit. Ari und Katze.

Ari hört Papa unten und schmult über den Dachrand. Papa schaut sich um, geht zum Blumenkübel und sucht nach den Zigaretten, die hinter Ari in der Mauer stecken.

Papa raschelt und sucht, flucht, geht dann rein. »Wo ist Ari?«, fragt Papa.

»Ist sie nicht draußen?« von Mama.

Papa sagt nichts.

»Vielleicht wieder auf dem Dach?«

Papa, leiser, aber nicht leise genug: »Hast du die Zigaretten gesehen? Die sind weg.«

»Nee.«

Papa sagt nichts. Mama: »Soll ich gucken?«

»Weil ich nicht richtig geguckt hab, oder was?«

»Wäre nicht das erste Mal. (...) Ist doch eh ungesund. Sieh es als Zeichen.«

»Das waren bestimmt diese Dorfjungs.«

»Genau. Die suchen alle Büsche nach versteckten Zigaretten ab. Du bist ja paranoid.«

»Nenn mich nicht paranoid.«

»Kann ich jetzt bitte weiterarbeiten?« Mama wird lauter.

»Lass dich ja nicht von mir abhalten!«

»Würde mir nicht im Traum einfallen«, sagt Mama abwesend.

Ari hört, wie jemand die Luft anhält. Ari hält die Luft an. Die Katze atmet weiter. Papa stapft nach draußen. Ruft »Ari!«, aber Ari antwortet nicht. Die Katze schläft weiter.

Papa ruft kein zweites Mal.

»Die ist wieder weg!«, sagt Papa ins Haus. Mama antwortet nicht.

»Hallo!«, sagt Papa.

»Ja, was denn, dann ist sie halt weg. Wahrscheinlich sitzt sie irgendwo und chattet mit Elif oder liest.«

»Und was, wenn nicht?«

»Achim, was ist denn los?«

Papa sagt nichts, aber sein Körper macht bestimmt allerhand. Als ob er vier, fünf Dinge auf einmal wollte, loslaufen, sich umdrehen, aufstampfen. Papa wackelt, wedelt.

Vielleicht schüttelt Mama den Kopf. Sie sagt: »Dann hol dir doch einfach neue Zigaretten.«

»Es geht nicht um die Zigaretten!«, ruft Papa, dann schaut er sich um, ob Ari nicht doch da steht, die doch gar nicht wissen soll, dass Papa raucht.

Mama antwortet nicht mehr. Mama schaut ihn vielleicht gar nicht mehr an.

Papa schnauft, dann dreht er sich um und stapft davon.

Aris Handy vibriert. Nachricht von Mama.

Wo bist du?
Ari schaut auf die Nachricht. Dann legt sie das Handy mit dem Display nach unten hin.
Die Katze schläft weiter. Es ist still.
Nach ein paar Minuten kommt Papa wieder, Ari sieht ihn die Straße hochgehen. Als er am Haus ankommt, schaut er sich um, ein Päckchen Zigaretten in der Hand, steht vor dem Blumentopf, zögert. Papa geht die Terrasse lang, steckt die Zigaretten zwischen zwei Steine in der Mauer. Er schaut sich wieder um, dann geht er ins Haus. Die Katze wacht auf, streckt sich und gähnt weit, blinzelt Ari an. Dann springt sie auf und runter vom Dach. Ari bleibt sitzen, schaut, wie spät es ist. Was egal ist. Ari könnte hier einfach für immer sitzen bleiben. Aber sie muss aufs Klo.
Leise steigt sie vom Dach runter, klopft sich den Hintern ab und geht ins Haus, an den Eltern vorbei, ins Bad. Sperrt die Tür ab.
»Ari!«, ruft Papa von draußen.
Ari antwortet nicht.
»Ari Schatz, ich bin jetzt fertig mit Arbeiten, wollen wir jetzt spazieren gehen, Papa, du und ich?«, fragt Mama durch die Tür.
Ari sitzt da auf dem Klo, ist schon längst fertig, aber sie will nicht aufstehen.
»Ari?« von Mama.
Ari steht auf, spült ab, wäscht sich die Hände und streckt den Eltern im Spiegel die Zunge raus. Die sehen das nicht. Dann macht sie die Tür auf.
»Was ist denn jetzt?«, fragt Papa. Wie der da steht, die Arme verschränkt. Ari ballt eine Faust.

»Machst du dich fertig, kommst du?«, fragt Mama.

»Nein«, sagt Ari, geht in ihr Zimmer und schließt die Tür.

Aris Herz wummert.

Sie nimmt ihr Handy, setzt sich aufs Bett und steckt sich die Kopfhörer in die Ohren.

Es klopft halb an die Tür, dann geht sie auf und Mama steht da, Papa dahinter.

»Ist was los?«

»Nein«, sagt Ari.

»Magst du was anderes machen?«

Ari schüttelt den Kopf und tippt auf dem Handy rum. Mama und Papa schauen sich an, Papa schüttelt den Kopf, Mama zuckt mit den Schultern. Ari guckt nicht hin, starrt auf ihr Handy, wo sie Apps aufmacht, scrollt, schließt und nicht sieht, was sie da macht.

»Okay«, sagt Mama, »wenn du nachkommen willst, ruf an. Und später gehen wir essen, ja?«

Ari reagiert nicht.

Papa schnauft und Mama legt ihm eine Hand auf den Arm. Dann schließt sie die Tür.

Ari lauscht, hört gedämpft die Stimmen der Eltern durch ihre Tür, hört »Pubertät« und rollt mit den Augen, hört »Ist was passiert heute?« von Mama, und Ari denkt, na, Papa, erzähl ihr doch mal von unserem Strandausflug.

»Quatsch!«, sagt Papa laut.

Den Rest kann Ari nicht verstehen. Sie hört die Haustür, wartet, bis alles still ist, bis alles still bleibt, erst dann schaut sie auf von ihrem Handy.

Ari geht durch das Haus mit Musik in den Ohren. Sie

schmiert sich ein Brot und isst es, dann noch ein bisschen Obst.

Dann tanzt Ari leicht durch die Küche. Die Katze sitzt auf dem Fensterbrett und will rein, Ari öffnet das Fenster, streichelt der Katze über den Kopf und tanzt weiter. Das, denkt Ari. Im Urlaub tanzen. Mit Elif. Mit so einem wie Pegasos. Oder mit einer Katze.

Die Katze setzt sich aufs Sofa und schaut Ari unbeeindruckt zu. Ari tanzt die Katze an. Die Katze tanzt nicht mit. Ari zuckt mit den Schultern. Dann halt nicht.

Ari schickt Elif das Lied.

Ari will Elif schreiben, was gerade passiert ist. Ich hab Nein gesagt. Big deal.

Aber irgendwas ist passiert. Irgendwas ist jetzt anders.

Ari tanzt ins Bad und zum Spiegel, singt sich selbst an, wuschelt sich durch die Haare, kopfüber, schmeißt die Haare hin und her und schaut sich wieder an. Ari grinst sich an und küsst die Luft.

Ari findet sich einen Moment lang schön. So echt und ernsthaft. Ganz kurz hat sie sich lieb.

Dann ist das Lied vorbei und Ari schmeißt sich in der Küche auf das Sofa. Die Katze ist empört und maunzt.

»Du wolltest ja nicht mittanzen. Selbst schuld.«

Ari schnauft noch ein bisschen. Dann ist es still. Die Playlist ist einfach so vorbei.

Ari an Elif.

Du fehlst mir. Du fehlst mir du fehlst mir du fehlst mir.

Auf Ari fällt ein Sack Traurigkeit. Ari kriecht zurück in ihr Bett, hat die Tür geschlossen, die Decke über sich gezogen, bei der Hitze, und muss schlafen.

Die Katze sitzt in der Küche auf dem Sofa und weiß ja auch nicht.

Ari hat halb geschlafen und ganz geträumt.
Sie schreckt hoch und weiß nicht, warum. Durst.
Schreck. Pipi.
Dann hört sie die Eltern. »Ari!«
Ari gräbt ihr Gesicht ins Kissen und will nicht. Will weiterschlafen, tiefer. Will nicht immer gerufen werden und antworten müssen und reagieren. Rede und Antwort stehen sitzen liegen.
Wieder ein Klopfen, kein Warten, ob Ari »Herein« sagt, nur eine halbe Sekunde zwischen Klopfen und Türöffnen.
»Wir sind wieder da!«, sagt Mama.
»Ja«, sagt Ari.
Mama guckt.
Ari fragt sich, was Mama will.
»Hast du deine Tage?«, fragt Mama.
»Nein.«
»Kriegst du deine Tage?«
Ari starrt Mama einfach nur an.
»Okay. Wir machen uns jetzt fertig und gehen dann essen.«
Ari sitzt im Bett und würde gerne keinen Hunger haben, würde gerne sagen, dass sie keinen Hunger hat, und die Eltern allein wegschicken, aber Ari hat Hunger. Und erst mal Durst. Mama macht die Tür wieder zu und Ari sucht nach ihrer Trinkflasche.
Papa flucht. Sehr, sehr laut. Dann brüllt er nach Ari.
Ari trinkt noch, aber Papa kommt schon ins Zimmer gestürmt, gehumpelt, weil Papa auf einem Bein hüpft.

»Verdammt, Ari, du hast die Katze ins Haus gelassen, die hat in die Küche geschissen.«

Ari versteht nicht, dann sieht sie, warum Papa einbeinig ist. Papa ist in Katzenscheiße getreten. Ari lacht.

»Das ist nicht witzig! Mach das sofort weg!«

Papa starrt Ari an, bis sie Anstalten macht aufzustehen, dann erst humpelt er ins Bad, fluchend, schimpfend.

Ari lässt sich Zeit, steht auf, schlurft in die Küche. Die Katze ist gar nicht mehr da, aber Ari sieht die Reste der Katzenscheiße auf dem Boden. Ari rümpft die Nase, findet Küchenkrepp und macht erst mal den gröbsten Dreck weg. Dann wischt sie nass nach, schmeißt die nassen Papiertücher in den Müll und wäscht sich die Hände.

Papa kommt aus dem Bad und hat sich in der Zeit bestimmt fünfmal den Fuß gewaschen.

»Ist das jetzt weg?«

Ari sagt nichts, zeigt nur auf den Boden.

Papa begutachtet die Stelle und guckt und guckt, verzieht das Gesicht.

Ari geht in ihr Zimmer macht sich fertig fürs Abendessen, setzt sich dann in die Küche und scrollt sich durch ihr Handy, während sie auf die Eltern wartet.

Nichts von Elif. Au. Ari schaut, was im Klassenchat ist, schaut sich ein paar Tier-Reels an, kichert. Spielt ein Spiel. Schaut sich an, wie viele Schritte sie in den letzten Tagen gelaufen ist.

Dann kommt Mama und fragt Ari, ob sie fertig ist. Ari nickt und steht auf.

»Achim, kommst du, wir warten?«, ruft Mama zu Papa. Wartet. Dann: »Alle sind schon fertig!«

Mama geht zu Ari, greift nach ihrem Handgelenk und schaut ihr in die Augen.

»Alles gut?«

Ari lächelt leicht und lügt noch leichter.

Mama sagt »Okay. Gut. Du sagst, wenn was ist.«

Lächeln und Nicken.

Mama ruft Papa, Papa kommt und sie gehen los.

Mama will sich bei Papa unterhaken, Mamas Arm rutscht aus Papas Armbeuge. Papa steckt die Hände in die Taschen. Ari hat ihre Sonnenbrille auf. Beobachtet und guckt ganz woandershin. Wie Mama zu Papa hochblickt. Nicht lächelt. Ihn nicht in die Seite schubst. Mama hält sich an ihrer Handtasche fest.

»Lass uns mal das hier ausprobieren«, sagt Papa und läuft vor. Mama schaut zurück zu Ari, die einfach nur folgt, Mama zwischen Papa und Tochter. Greift nach Ari und zieht sie an der Hand hinter sich her. »Komm, mein Mauleselchen!«

Mama zieht Ari in eine Umarmung und küsst ihr die Schläfe.

Aris Kopf lehnt sich an Mamas Mund. Klein sein.

Papa steht mit einem Mann an einem Tisch und winkt, hierher.

»Wir sind die Ersten«, sagt Mama, »mit alten Traditionen soll man nicht brechen.«

Mama setzt sich auf den Stuhl, den der Kellner ihr zurechtschiebt, sie lächelt ihn dankbar an.

Ari setzt sich, Papa sitzt schon und liest die Speisekarte.

Ari liest die Speisekarte. Ari hat Lust auf Pizza, aber sie ist nicht in Italien.

Papa fragt Mama, ob sie fertig ist, Mama nickt, Papa winkt den Kellner zu sich. Ari könnte kotzen. Weil Papa winkt.

Mama sagt, was sie will, Papa bestellt für sich und wieder für Ari, und Ari bellt fast, sagt laut »NEIN!«.

Papa schrickt hoch.

»Was denn?«, fragt er.

»Vielleicht will Ari was anderes essen?«, fragt Mama. Vielleicht will Ari selbst entscheiden und bestimmen und vielleicht will Ari gefragt werden.

»Das wäre ja ganz was Neues«, sagt Papa.

»Achim.«

Papa zieht nur die Augenbrauen hoch und steckt sich die Hände unter die Achseln.

»Ari?«, fragt Mama.

Ari zeigt auf die Karte. Und »Bitter Lemon?«, fragt sie, der Kellner wiederholt »Bitter Lemon« und nickt.

Papa wackelt mit dem Kopf.

»I like your shirt«, sagt Mama.

Der Kellner lacht und bedankt sich. Papa schnauft.

Ari guckt hoch, was auf dem Shirt steht. *The future is female.*

Als der Kellner geht, schnauft Papa noch mal.

»Achim«, sagt Mama und schaut weiter auf die Karte, »wenn du was auf dem Herzen hast, dann äußere dich. Friss es nicht in dich rein, das macht Krebs und schlechte Haut.«

»Für dich muss man nur irgendwo ›Feminismus‹ draufschreiben und du bist glücklich.«

Mama atmet tief ein und aus, legt die Karte beiseite und schaut Papa an.

»Ist ein Anfang, oder?«

»Wenn du meinst.«

Ari würde sich gerne die Kopfhörer aufsetzen. Vielleicht mal einen Podcast hören. Ein Hörspiel. Aris Finger fahren den wellenartigen Rand der Papiertischdecke entlang. Sie klappt die Bögen nach oben um, streicht sie flach, macht aus Hügellandschaft Ebene.

Der Kellner kommt zurück und Ari fixiert ihr Getränk. Was ist das für eine Farbe? Weißgelb? Ari berührt das Glas, malt Straßen in die Tropfen.

»Ich versteh auch gar nicht, warum du dich immer noch über Feminismus lustig machen musst. Du als Vater einer Tochter.«

Ari zieht das Glas zu sich heran, greift es mit beiden Händen und hebt es zum Mund. Trinkt.

Ari wäre gerne allein mit dem Glas, mit der bitteren Süße, dem Frischen.

»Ich mache mich nicht über Feminismus lustig«, jetzt schnauft Mama, »sondern darüber, wie leicht es ist, dich zu beglücken.«

»Bitte was?«

»Das klang jetzt falsch.«

»Das klang SEHR falsch.«

»Ich meine, nur weil irgendwo ›Feminismus‹ draufsteht, muss ja nicht Feminismus drin sein.«

»Ich finde das so schön, dass mir mein Mann erklärt, was richtiger Feminismus ist und was falscher. Bitte, rede weiter.«

Ari trinkt das Glas leer. Dann steht sie auf, der Stuhl quietscht nach hinten und Ari geht aufs Klo.

Als Ari wieder zurück durch das Restaurant geht, sieht

sie, wie der Kellner mit einer Frau am Tresen redet, ihr eine Haarsträhne hinter das Ohr streicht. Ari bleibt stehen. Draußen streiten die Eltern.

Dann setzt sie sich ans andere Ende vom Tresen und zieht ihr Handy aus der Tasche.

Der Kellner schaut auf. »You okay?«

»Can I have another Bitter Lemon, please?«, sagt Ari.

Er grinst, geht hinter den Tresen, öffnet ihr eine kleine Flasche und stellt sie ihr vor die Nase. Ari bedankt sich auf Griechisch, er antwortet »You are welcome«.

Ari nickt und schaut sich weiter Tiervideos an.

Sie schaut erst wieder hoch, als der Kellner ihr auf die Schulter tippt, sagt »Your food is ready«.

Er nimmt drei Teller auf, trägt sie auf die Terrasse und Ari folgt ihm. Mama starrt Papa an, Papa starrt Mama an.

Ari hätte wirklich gerne keinen Hunger. Als sie sitzt, fragt Mama, wo Ari war, Ari sagt »Klo«, Mama guckt besorgt, aber Ari fängt an zu essen.

Die Eltern essen und schweigen und starren sich nicht mehr an, jetzt gucken sie aneinander vorbei. Ari schlingt ihr Essen herunter. Bricht Rekorde. Als Ari laut ihr Besteck auf den Teller legt, schauen die Eltern hoch.

»Fertig«, sagt Ari. Sie wischt sich den Mund sorgfältig ab, knüllt die Serviette zu dem Besteck, lehnt sich zurück, schaut die kauenden Eltern an und muss an Kühe denken. Ari gluckst, sagt dann, dass sie schon mal vorgeht. Sie hält Papa die offene Hand hin. Papa zieht den Schlüssel aus seiner Hosentasche und gibt ihn ihr. Ari geht, der Stuhl verabschiedet sie mit einem gequälten Quietschen. Die Eltern schauen Ari hinterher.

Der Kellner ruft »Bye!«.

Ari guckt sich nicht noch mal um, geht die Schritte zurück bis zum Haus, schließt es auf. Es ist noch nicht dunkel. Ari schmeißt die Tür laut hinter sich ins Schloss, geht ins Bad, putzt sich die Zähne und hat Schaum vor dem Mund.

Älter sein. Den Eltern sagen »Ich geh«, und zwar nicht nur vom Abendessen nach Hause, nicht nur raus aus dem Restaurant, sondern Sachen packen, ab in den Flieger, weg. Zu Elif, nach Hause, weg. Auf eine andere Insel. Nicht mehr hier sein. Ari weint beim Zähneputzen, dabei ist sie doch wütend.

Sie spuckt den Zahnpastaschaum aus, spült sich den Mund aus und wäscht sich das Gesicht mit kaltem Wasser, bis sie glaubt, dass sie nicht mehr weint. Trocknet sich ab und geht ins Bett, ohne noch einmal in den Spiegel geschaut zu haben.

Nichts von Elif.

Ich will heim. Ich will hier nicht mehr sein.

Elif?

Ari schaut und nichts. Als sie bald die Eltern hört, legt sie das Handy weg, dreht sich um und schließt die Augen. Liegt da und wartet auf Schlaf.

samstag

Eine Tür fällt zu.

Ari wacht auf, es ist hell. Sie schaut sich um, orientiert sich, setzt sich auf. Dann hört Ari den Wagen anspringen, hört, wie er langsam losfährt.

Sie blinzelt, dann schaut sie auf die Uhr.

Ari wundert sich. Denkt, Bäcker. Aber da ist ein Bäcker die Straße runter, da muss man nicht mit dem Auto hinfahren. Ari setzt sich auf, reibt sich die Augen. Gähnt. Schlägt die Bettdecke zurück und steht auf.

Die nackten Füße auf dem nackten Boden. Sie steht in der Küche. Das Schlafzimmer der Eltern zu, still. Ari geht raus auf die Terrasse. Der Wagen ist weg. Sie schaut die Straße entlang, wartet, ob er wiederkommt. Mama? Papa?

Steht da barfuß und im Nachtshirt. Keiner guckt. Keiner kommt.

Vielleicht einkaufen, denkt Ari. Vielleicht tanken fahren. Mehr fällt ihr nicht ein. Mehr will ihr nicht einfallen. Mehr will sie sich nicht ausdenken.

Ari hört eine Taube gurren wie daheim. Sonst ist es still. Sie zählt, rechnet, Samstag ist es.

Samstag. Ari streicht mit einem Fuß über das andere Schienbein, dabei juckt nichts, geht in ihr Zimmer und zieht die Tür hinter sich zu. Handy. Nichts. Nicht mal gelesen.

Ari legt sich auf den Bauch, die Arme hängen zu bei-

den Seiten über die Bettränder. Das Zimmer so schmal.
Kopf zum Fenster. Hell. Kopf zur Tür. Stille. Kein Auto.
Ari dreht sich auf den Rücken, macht die Augen wieder
zu, aber es ist zu hell. Sie legt einen Unterarm über die
Augen, schnauft. Dreht sich auf den Bauch, greift nach
ihrem Buch und liest.
Liest das Buch zu Ende. Das Buch, das für den Urlaub
hätte reichen sollen. Ari klappt das Buch zu und ist wieder allein.
Dann geht sie ins Bad, duschen.
Danach schmiert sie sich mit Sonnencreme ein, hat die
Haare im Handtuch, zieht sich ein Top und Shorts an,
die schon auf dem Klodeckel bereitliegen. Im Spiegel
nur Nebel, keine Ari. Sie macht das Badezimmerfenster
auf.
Dann geht sie in die Küche. In einem Regal an der Wand
liegen alte Bücher, Ari lässt die Fingerspitzen drüber-
gleiten, als wüssten die, was gut ist. Reiseführer, Griechisches, Spanisches, drei englische Bücher, die Ari
rauszieht und unter den Arm klemmt. Geht raus. Bleibt
vor der Mauer stehen, wo Papa gestern die Zigaretten
versteckt hat. Bückt sich und greift zwischen die Steine.
Da das Päckchen. Ari zieht es heraus, steckt es sich in den
Hosenbund und steigt die Leiter hinauf. Guckt runter
vom Dach. Nichts und niemand. Nur Ari.
Sie steckt das neue Päckchen zum alten. Setzt sich im
Schneidersitz zurecht, nimmt ein Buch, öffnet es.

Papa kommt nicht.

Ari schaut hoch, als Mama auf die Terrasse tritt. »Ari?«, ruft Mama.

Ari steht auf.

»Hier oben.«

Mama guckt hoch, kneift die Augen zusammen. Guten Morgen.

»Wo ist Papa?«

Ari zuckt mit den Schultern.

Mama wartet.

»Weg«, sagt Ari. Dabei hat Mama längst gesehen, dass der Wagen weg ist. Mama fragt nicht, wie lange. Mama steht da und guckt auf die Stelle, wo der Wagen sein müsste. Sie streicht sich die Haare aus dem Gesicht, lächelt dann hoch zu Ari.

»Frühstück?«

Ari nickt und steigt die Leiter runter. In der Küche schneidet Mama Brot. Ari legt ihre Bücher auf den Tisch und holt Teller und Besteck. Tassen, Gläser. Als sie fertig ist, fällt ihr auf, dass sie nicht für Papa gedeckt hat. Mama schaut auf den Tisch, dann streicht sie Ari über die Haare. Dann geht sie zur Anrichte und stellt das alte Radio an, das da steht. Ari wundert sich. Hört leise Musik, dann leise griechische Moderation. Das Radio redet, Mama und Ari bleiben still und schauen immer wieder zur Tür, wo niemand auftaucht.

Irgendwann stellt Mama ihren Teller in die Spüle, lässt Wasser drüberlaufen, setzt sich mit ihrem restlichen Kaffee neben Ari. Sie schaut auf die Bücher. »Schon fertig mit deinem?«, fragt Mama.

Ari nickt. Mama nimmt ein Buch in die Hand, schaut es von beiden Seiten an. »Englisch, wow. Geht das?«

Ari zuckt mit den Schultern und nickt.

»Du kannst auch das Tablet haben und dir ein Buch runterladen, wenn du magst.«

»Danke«, sagt Ari. Mehr nicht.

Mama nickt, schenkt sich Kaffee nach, geht in Richtung Schlafzimmer. Dann hält sie inne und dreht sich um zu Ari. »Du hast zu tun?«

»Ja«, sagt Ari und sieht die Erleichterung in Mamas Gesicht.

Was sollten sie auch machen. Papa hat den Wagen. Papa kommt vielleicht nicht zurück, denkt Ari und erschrickt, dass sie das denkt.

Sie schaut Mama an und fragt sich, ob die das Gleiche denkt.

Mama nickt nur und geht ins Schlafzimmer, zieht die Tür zu. Wenig später glaubt Ari Mama tippen zu hören.

Ari schaut auf ihr Handy, das auch nur die Zeit für sie hat. Draußen steht plötzlich die Katze und schaut sich um. Sie maunzt. »Weiß ich doch nicht, wo der ist«, sagt Ari. Die Katze guckt empört. Ari räumt den Tisch ab, macht den Abwasch, wischt den Tisch sauber.

Dann nimmt sie ihr Buch, Handy, Wasserflasche und Sonnenbrille, steckt sich ein bisschen Geld in die Hosentasche und geht zum Marktplatz.

Ari setzt sich auf die Bank von gestern und ist sich nicht sicher. Ist das ein guter Platz? Ist sie im Weg? Weil der Marktplatz am Samstag wirklich zum Markt wird. Um Ari herum sind Stände aufgebaut oder werden aufgebaut, Autos und Transporter fahren durch enge Reihen, Obst, Gemüse, Schuhe und Käse, Fässer mit Eingelegtem. Menschen und Kram. Ari hat das

Buch in der Hand und ruckelt auf der Bank hin und her, weiß nicht, ob sie da bleiben soll. Findet er sie hier? Sucht er sie überhaupt? Ari will nicht warten und tut es doch. Sie versucht zu lesen, dann merkt sie, dass sie seit Minuten drei Leuten dabei zuschaut, die einen Stand einrichten, denen Sachen runterfallen, die sich streiten. Ari muss nicht mal Griechisch können, um das zu verstehen. Sie grinst, dann schluckt sie ihr Grinsen runter und schaut angestrengt auf ihr Buch. Liest eine Zeile, wundert sich. Blättert zurück und findet irgendwann eine Stelle, die ihr bekannt scheint. Liest sie, schreckt durch ein lautes Lachen hoch und sieht, wie ein Mann einem anderen auf die Schulter haut. Ari seufzt. Sie nimmt ihr Buch und steht auf. Geht durch die Reihen und schaut, will nichts, schaut nur. Nein danke, sagt Aris Gesicht, ihr Lächeln, ihre zuckenden Schultern. Tut mir leid, ich will nichts. Ich bin nur hier und warte, ohne zu warten.

Ari läuft einmal über den Markt, dann hat sie alles gesehen und nichts gekauft, dann steht sie da am Rand und weiß nicht. Also geht sie weg vom Markt, raus aus dem Dorf, dahin, wo sie gestern mit Pegasos war.

Ari zieht sich selbst den Hügel hoch, ohne fremde Hand, ist oben und schaut runter. Sucht nach der Limoflasche, die da unten irgendwo sein muss. Ari sieht sie nicht. Stellt sich vor, wie die Flasche in der Nacht im Boden versunken ist, wie sie Wurzeln schlägt, sprießt, die Erde durchbricht, ein Keim, ein erstes Blatt.

»Flaschenbaum«, sagt Ari zu sich selbst und guckt sich schnell um, ob jemand sie gehört hat. Dann schüttelt sie den Kopf und lacht leicht. Ari setzt sich auf den Boden,

im Schatten sitzt sie, im Schneidersitz, der Boden ist
hart, der Schatten weich, das Licht.

Da sitzt sie und schaut zum Dorf, lauscht auf Geräusche,
hört nur den Wind, und der weht nur, der rauscht nur,
der singt und summt nicht.

Ari schnauft einmal, dann schlägt sie das Buch auf und
liest.

Ari liest.

Ari liest.

Ari hört etwas. Sie schaut hoch.

»There you are!«, lacht Pegasos. Er steigt den Hügel hoch,
stolpert und fängt sich mit einer Hand auf dem Boden ab.

Flaschenbaum, sagt Aris Hirn. Scht.

Ari lächelt, legt ihr Buch beiseite und hebt eine Hand.

»Hellooooo!«, sagt er und schafft die letzten Meter,
schafft es zu ihr, und schau, denkt Ari, er hat dich gefunden.

Ist das jetzt unser Platz?

»Hello«, sagt Ari halblaut und sitzt da immer noch und
setzt sich auf ihre Hände, weil.

Er setzt sich, und dann sitzt er da neben ihr und grinst sie
an und hat weiße, weiße Zähne, und gleich so viele, und
alle freuen sich. Ari grinst.

Er schaut sie ein bisschen an, dann hinunter ins Tal,
sagt nichts. Die Arme auf den Knien, er schaukelt leicht
vor und zurück, hat zwischen den Händen etwas, einen
Halm, sieht Ari, den wickelt er um die Finger, den
streicht er glatt. Ari starrt seine Hände an, die mit dem
bisschen Gras spielen.

»How are you?«, fragt er.

»I'm fine, how are you?«, antwortet Ari automatisch wie im Englischunterricht.

»I am very fine«, sagt er. Very. Aha.

Ari grinst, Ari wird rot und ist zum Glück sommerbraun, also sieht er das nicht gleich. Außerdem: der Schatten. Ari senkt den Blick.

Very fine.

Ari zieht die Hände unterm Po hervor, lässt die Finger über den Boden streifen. Die Finger finden einen kleinen Stein, heben ihn vor Aris Gesicht. Ist nur ein Stein, nichts Besonderes. Ari schmeißt den Stein weg.

Herz hat plötzlich Hufe, Herz ist eine Pferdeherde, weil Ari hochgeschaut hat, und da sind die Augen von Pegasos und sie kann nicht mehr wegschauen, und alles, alles, was man so sagen könnte, Ari kann doch Englisch, lernt das doch seit der Grundschule, war auch schon auf einem Austausch, fast eine Woche, oder Deutsch, oder sonst was, nur ein Satz, der zusammenhängt, nur einer, aber seine Augen.

»Hello«, sagt Pegasos wieder.

»Hi«, sagt Ari leise. Hi.

Pegasos hat wohl den Grashalm losgelassen, weil erst eine Hand Aris Arm streichelt, weil dann die andere Hand sich an Aris Wange legt, leicht und fremd und warm, und dann kommen die Augen näher, bis Ari ihre schließt und geküsst wird. Seine Lippen erst leicht auf ihren, wie ein kleiner Kuss, aber dann nimmt er ihre Lippen zwischen seine, als wären es Zeilen, eine von ihm, eine von ihr, ein Gedicht. Pegasos küsst abwechselnd ihre Oberlippe, ihre Unterlippe, seine Hand wandert von der Wange hinter ihr Ohr in die Haare, die andere Hand

unter dem anderen Ohr, der Daumen streichelt auf und
ab.

Aris Hände hängen in der Luft zwischen ihm und ihr,
dann berührt sie mit einer seine Schulter, mit der anderen die Stelle zwischen Brust und Schulter.

Dann ist da seine Zunge, und Ari ist so froh, dass es nicht
so ist, wie ihre Cousine erzählt hat, wie das war, als die
zum ersten Mal geküsst wurde, und dass es dann doch so
ist, wie alle gesagt haben, dass man dann einfach mit-
macht, dass es keine Anleitung braucht. Ari küsst Pegasos, dabei hat sie noch nie jemanden geküsst, so richtig,
und es geht trotzdem. Also küsst sie ihn und er sie. Ari
kostet Pegasos. Er schmeckt ihr, sein Mund, seine Küsse,
und auch seine Hände. Dann greift Ari nach seinen Haaren, die so viel dicker sind und sich so anders anfühlen
als ihre. Mehr Küsse für Ari.

Und dann denkt Ari, dass sie das Elif erzählen will. Das
muss sie wissen. Elif, denkt Ari, und nichts mehr, die
Hände fallen, die Lippen pausieren, stopp.

Pegasos guckt sie an. Er fragt nicht »Are you okay?«.

Er grinst. Dann legt er wieder die Arme auf die angewinkelten Knie und schaut weg von ihr.

Ari atmet.

Ari küsst nicht mehr.

Ihre Hände legt sie wieder auf den Boden neben ihre
Beine, da liegen sie und sind nur da.

Pegasos dreht sich zu ihr und öffnet den Mund, aber in
dem Moment beginnt sein Handy zu brummen wie ein
wütender Käfer. Pegasos schnaubt, grinst sie schief an,
dann schaut er aufs Display und hat kein Lächeln mehr.
Er nimmt den Anruf an. Steht auf. Redet laut und mit

Armen und Schnaufen. Er geht auf und ab. Er redet mehr und flucht, das weiß Ari auch so. Dann bellt er ins Handy. Und wird dann leiser. Legt auf.

Er schaut Ari an. Er zuckt mit den Schultern und hebt wieder die Mundwinkel, und Ari weiß.

»It's okay«, sagt Ari, weil es okay ist. Sein Lächeln wird weich. Er geht auf die Knie vor ihr, lehnt sich näher, und wieder seine Hände, ihr Gesicht, sein Mund, ihre Lippen. Klein und zart.

»Tomorrow?«, fragt er.

»Yes, tomorrow«, sagt Ari. »Yes, please«, sagt sie und er grinst.

»Yes, please«, wiederholt er leise und schaut ihren Mund an.

Dann steht er auf. Hält inne.

»We have an adventure tomorrow!«, sagt er.

»Okay!«, sagt Ari und nickt. Und bevor er geht, sagt sie: »When, where?«

Damit er sie nicht mehr suchen muss, damit er sie gleich findet.

Er denkt nach. »Eleven o'clock? Down there?«, sagt er und deutet nach unten zur Straße.

Ari schaut, dann nickt sie ihm zu, »Eleven. Tomorrow.«

Er grinst. Er küsst sie nicht noch einmal, er lässt sie da sitzen mit ihren Lippen und hüpft den Hügel runter, ohne zu rutschen, ohne zu stolpern, und Ari schaut ihm nach, bis sie ihn nicht mehr sieht, und dann noch eine Weile.

Ari schaut auf ihr Buch, das neben ihr im Dreck liegt, das ja nicht mal ihr Buch ist, das jemand hier ausgesetzt hat. Sie streicht über den Buchdeckel und öffnet es nicht, lässt es liegen und denkt ans Küssen. Lacht leise. Nimmt ihr Handy, und Elif hat immer noch nichts gelesen, aber trotzdem, »Elif, ich hab geküsst«.

Sie nimmt ein bisschen Wind auf, der mit den Blättern in der Baumkrone über ihr spielt. Sie nimmt auf, dass sie nichts sagt, dass sie sich über die Lippen streicht, sie sich anders anfühlen, das wird Elif nicht hören. Nimmt auf, als sie in die Richtung schaut, in die Pegasos gegangen ist.

»Ich hab Pegasos geküsst. Mein erster Kuss. Und du bist nicht da.«

Die Sprachnachricht nimmt weiter nichts auf, während Ari das Handy anstarrt, sich fragt, ob sie die Nachricht einfach löscht, weil Elif sie ja eh nicht hören wird. Vielleicht ist ihr Handy kaputt. Vielleicht hat Elif mit Ari gebrochen, aber warum? Vielleicht, vielleicht alles. Oder gar nichts. Ari weiß es nicht.

Ari schickt die Nachricht trotzdem ab, keine Flaschenpost, ein Geräusch von einer Insel zu einer anderen Küste.

Dann steckt sie ihr Handy weg.

Ari bleibt auf dem Hügel und zählt Glockenschläge. Alle Viertelstunde bimmelt die Kirchenglocke, einmal um Viertel nach, zweimal um halb, dreimal um Viertel vor, und zur vollen Stunde viermal und dann die Uhrzeit in einem anderen Glockenton. Ari wartet, bis Mittag vorbei ist, bis man es Nachmittag nennen kann, wartet, ob Mama sich meldet, und geht dann selbst irgendwann wieder zurück. Geht über den Markt mit Sirren im Bauch und schaut, ob sie ihn sieht, aber da ist kein Pegasos, da sind viele, viele andere Menschen, da ist einiges an Lärm und Gerede, das sie nicht versteht, Gerüche, und warm ist es auch. Ari atmet durch den Mund und drückt sich an fremden Körpern vorbei.

Dann geht sie nach Hause.

Ari steht vor dem Haus und der Wagen ist nicht da. Ist immer noch nicht da oder wieder weg, da ist jedenfalls kein Wagen, und durchs Schlafzimmerfenster hört sie Mama.

Papa ist nicht einkaufen.

Aber vielleicht ist Papa am Strand. Oder im Restaurant am Strand, denkt Ari.

Die Katze maunzt von rechts unten.

Ari schaut sie an, hockt sich hin und streichelt ihr den Kopf.

Schnurren.

Ari starrt auf die Katze, starrt durch die Katze hindurch, das Tier vibriert und hypnotisiert Ari.

Dann grinst die Katze. Ari schüttelt den Kopf und setzt sich auf.

Gegenüber fährt ein Wagen vor. Bleibt gegenüber. Ari hockt und wackelt, Gleichgewicht wird ungleich, Ari sitzt auf dem Po. Dann steht sie auf.

Wischt sich den Po ab.

Gegenüber steigen Menschen aus dem Wagen. Zwei Erwachsene, Mann, Frau, hinten Junge, Mädchen. Das Mädchen mit Sonnenbrille, der Junge beugt sich über sein Handy. Spielt. Ari schaut das Mädchen an. Das Mädchen schaut Ari nicht an. Das Mädchen steht da, verschränkt die Arme, hat Sonnenbrillenaugen.

Der Kofferraum geht auf, der Vater lädt Koffer aus, die Frau eilt zu ihm, die Kinder stehen da.

Der Vater schimpft. Ari kennt die Sprache nicht.

Das Mädchen setzt sich auf die Mauer vor dem Haus, schaut erst auf ihre Fingernägel, dann auf ihr Handy. Der Vater ruft den Jungen.

Ari steht da und merkt, dass sie steht und starrt und die da drüben das garantiert sehen.

Sie schleicht ums Haus, klettert hoch auf das Dach. Die Katze bleibt unten, maunzt. Das ist nicht Aris Problem. Ari sitzt oben auf dem Dach und schaut weiter nach unten, wo das Mädchen das Kinn in die Hand gelegt hat, die Beine übereinandergeschlagen, die Straße runterschaut, weg vom Vater, von der Mutter.

Der Junge ist vielleicht elf, hievt einen Koffer den Holperweg zum Haus. Rennt zurück, bekommt von der Mutter drei Taschen umgehängt.

Vater bellt, Mädchen reagiert nicht. Mutter singt Mädchen an. Mädchen seufzt, die Schultern seufzen, ihr Blick geht langsam weg vom Ende der Straße, hin zu den Eltern, steht langsam auf, bewegt sich langsam zu den Eltern.

Das Mädchen spricht.

Ari hört das Mädchen nicht und hört es doch.

Der Vater schaut zum Himmel und jault leise, schiebt das Mädchen beiseite, dann den Jungen, schließt die Tür auf und schleppt einen Koffer ins Haus. Die Mutter spricht leise mit dem Mädchen. Dann nimmt sie einen Koffer und zieht ihn ins Haus. Das Mädchen sitzt wieder auf der Mauer, hat ihr Handy in der Hand, tippt. Der Junge geht ins Haus.

Es ist still. Ari wartet, was geschieht. Dann zuckt sie zusammen. Das Mädchen schaut hoch, mit dunklen Sonnengläsern, mit Lippen, die einfach nur im Gesicht liegen, nicht lächeln, nichts sagen, nur da sind wie hingemalt. Ari hebt eine Hand. Das Mädchen macht nichts, guckt wieder auf ihr Handy und hat vielleicht auch nie zu Ari geschaut. Ari rutscht auf dem Dach nach hinten. Kann das Mädchen nicht mehr sehen, also kann das Mädchen auch Ari nicht sehen.

Ari überlegt, ob das stimmt.

Ari blinzelt in die Sonne. Sie setzt ihre Sonnenbrille auf, zieht ihr Handy raus. Nichts. Nichts von Elif jedenfalls. Aris Blick fällt auf die Lücke in der Mauer. Sieht die Päckchen nicht, weiß aber, dass sie da sind. Aris Hand greift vorsichtig in die Ritze, zieht die Zigarettenpäckchen raus, erst eins, dann zwei.

Legt sie nebeneinander vor sich auf das Dach.

Ari öffnet eine Schachtel, zieht eine Zigarette raus, schaut sie an. Riecht an ihr und verzieht das Gesicht. Ari rollt die Zigarette zwischen Daumen und Zeigefinger, bis Tabak aus der Papierhülse rieseln. Ari leert die Zigarette, dann noch eine, das ganze Päckchen, dann das nächste, schüttet den losen Tabak in die Schachteln, zerknüllt die leeren Zigarettenreste und steckt sie obendrauf. Macht die Schachteln zu.

Unten kein Wagen, unten kein Papa. Ari zeigt den zwei Päckchen einen Mittelfinger, dann beide. Dann stopft sie die Päckchen wieder in die Mauerritze.

Ari atmet tief ein und aus.

Sie steckt sich die Kopfhörer in die Ohren, macht Musik an und legt sich auf den Rücken.

Der Himmel ist jetzt blau ohne Wolken.
Ari macht die Augen zu.

Die Katze sitzt auf ihr.
Ari erschrickt. Die Katze guckt sie an.
Die Sonne steht tiefer und Ari ist orientierungslos. Die Katze starrt.
»Unhöflich«, sagt Ari.
Die Katze hat keine Schultern, mit denen sie zucken kann.
Ari richtet sich auf, die Katze steigt ab und miaut, sitzt neben Ari und blinzelt. Ari blinzelt. Ari schaut auf die Uhr. Guckt sich um. Dann steht sie auf und steigt die Treppe nach unten.
Kein Wagen.
Ari reibt sich die Augen.
Geht ins Haus.
»Mama?«
Ari wartet und die Zeit ist lang, Aris Herz klemmt, bis Mama den Kopf aus der Schlafzimmertür steckt.
»Hey. Hunger?«
Ari fragt sich, ob sie Hunger hat, der Bauch sagt Ja. Ari nickt.
»Ich schreib kurz noch eine Mail fertig, dann können wir gehen.«
»Okay«, sagt Ari und nickt, Mama geht zurück ins Zimmer und lässt die Tür offen.
Ari geht ins Bad, wirft sich Wasser ins Gesicht, mehrmals, ist dann nicht wacher, nur nasser. Sie trocknet sich ab, geht in ihr Zimmer, setzt sich auf ihr Bett und sitzt da. Geht ans Spülbecken in der Küche, macht sich

ein Glas voll, trinkt es aus, noch eins, trinkt, ein drittes, trinkt die Hälfte. Steht da. Mama kommt.

»Fertig?«

Ari mit wasservollem Mund, nickt, schluckt Wasser in den Bauch voll Wasser, hat sich nicht umgezogen, nichts. Mama auch nicht. Mama greift nur ihre Handtasche und nimmt Ari an der Hand, zieht sie aus dem Haus.

Mama sperrt die Tür ab, dreht sich um und schaut nicht hin, wo der Wagen nicht steht.

Wo ist Papa, will Ari fragen.

Hat er angerufen.

Hast du ihn angerufen.

Was ist passiert.

Warum suchst du ihn nicht.

Mama hält Aris Hand und schaukelt sie hin und her, als wäre Ari fünf. Mama lächelt breit und falsch.

Ari schaut nur, während Mama sie weiterzieht, bis sie vor dem Restaurant vom Vorabend stehen.

»Hier? War doch gut gestern, oder?«, sagt Mama.

War es das, fragt sich Ari und sagt »Okay«.

Mama schaut sich nach dem Kellner um, während Ari sich am Unterarm kratzt.

»Komm, wir setzen uns einfach«, sagt Mama und zieht Ari schon zu einem Tisch. Nicht dem von gestern.

»Hier ist doch nett«, sagt Mama und lehnt sich zurück.

Ari schaut sich um. Sieht zwei Katzen, die sich streiten.

Dann kommt der Kellner angelaufen, schnell, ruft noch im Laufen »Good evening, ladies!«, steht dann vor ihnen, die Speisekarten unter dem Arm, legt sie auf den Tisch, eine vor Mama, eine vor Ari.

»Drinks?«, fragt er.

»Wine«, sagt Mama, »white wine«, und schaut auf die Karte, der Kellner nickt und schaut zu Ari, dann zieht er die Augenbrauen hoch, zeigt mit dem Zeigefinger auf sie: »Aaah, Bitter Lemon, right?«

»Right«, sagt Ari.

Er nickt sich selbst zu.

»I like your shirt«, sagt Mama.

»Thank you«, sagt er, dann nickt er wieder, »white wine, Bitter Lemon«, und geht.

Mama schaut ihm hinterher, Ari guckt Mama an, dann in die Karte.

Ari entscheidet sich, legt die Karte auf den Tisch, sagt »Ich weiß schon. Du auch?«

Mama schüttelt langsam den Kopf, während sie weiter auf die Karte schaut. Dann hört das Kopfschütteln auf. »Ja. Jetzt.«

Mama schaut ins Restaurant, wartet.

Irgendwann kommt der Kellner mit Wein und Limo, stellt den Wein erst vor Ari und sagt dann »Just kidding« und korrigiert.

Mama grinst schief.

I like your shirt, denkt Ari und schaut es sich an. *Have you tried turning it off and on again?* steht da. Ari guckt Mama an.

Mama schaut dem Kellner in die Augen, während sie ihre Bestellung aufgibt, fixiert ihn, während Ari bestellt, schaut ihm nach, als er geht.

»Mama!«, sagt Ari, laut.

Mama guckt zu Ari. »Was?«

Ari starrt. Mama zuckt mit den Schultern und trinkt Wein in großen Schlucken.

Dann legt sie die Hände auf den Tisch. »Wie war dein Tag?«

»Okay«, sagt Ari.

Mama zieht die Augenbrauen hoch. »Okay? Das klingt nicht gut.«

»Okay ist manchmal einfach okay«, sagt Ari.

Mama langt über den Tisch nach Aris Hand. Streichelt ihr mit dem Daumen über den Handrücken.

»Sag mal, ich hab überlegt«, sagt Mama. Dann schaut sie zum Eingang.

»Guck mal, unsere Nachbarn«, sagt Mama.

Sie hebt eine Hand, winkt.

Die Familie steht und guckt, dann kommt der Kellner und führt sie an einen Tisch.

»Das Mädchen ist bestimmt so alt wie du«, sagt Mama.

»Na und?«

Ari guckt auf ihr Handy.

»Leg doch mal das Handy weg.«

Ari legt ihr Handy auf den Tisch. Mama dreht es um, Display nach unten.

Ari rollt mit den Augen.

»Ari«, sagt Mama.

Ari antwortet nicht. War ja keine Frage.

Sie sieht den Kellner am anderen Tisch, wie er die Karten hinlegt, die Getränkebestellung aufnimmt.

»Ich muss mal aufs Klo«, sagt Ari und steht auf, geht ins Restaurant. Das Mädchen von gestern sitzt am Tresen, schaut nicht hoch, liest ein Magazin, die Beine über-einandergeschlagen auf einem Barhocker, als wär's ein Sessel.

Als Ari vom Klo kommt, hat der Kellner das Mädchen von

hinten umarmt, küsst sie in die Halskuhle. Aris Bauch macht Sachen. Das Mädchen liest weiter im Magazin, lächelt. Er sagt was zu ihr, was Ari nicht versteht. Das Mädchen kichert. Er beißt sie in die Schulter, geht hinter den Tresen. Nickt Ari zu. »Bitter Lemon«, sagt er.

Ari geht einfach nur raus.

Mama starrt die Familie an, dann sieht sie Ari, lächelt. Als Ari sich setzt, sagt Mama »So ein Urlaub zu zweit ist doch auch nett. Können wir ja in Zukunft öfter machen.« Und lächelt falsch, so falsch.

Ari starrt. »Was?«

»Du und ich. Was denkst du?«

»Nein«, sagt Ari.

»Ari«, sagt Mama.

Du hast gefragt, denkt Ari.

Der Kellner kommt mit dem Essen, macht diesmal keine Witze, stellt Aris Teller vor Ari, Mamas vor Mama. Ari fängt an zu essen und guckt Mama nicht mehr an.

Mama trinkt ihren Wein leer, hält ihr leeres Glas hoch, bis der Kellner es sieht, »More white wine!« ruft. Mama nickt, guckt kurz zu Ari, dann beginnt sie zu essen.

»Schmeckt's?«, fragt Mama irgendwann.

Ari zuckt mit den Schultern und sagt zwischen zwei Bissen »Ja«.

Ari isst und schaut Mama nicht an.

Mama trinkt Wein. Mama isst. Trinkt Wein. Schmeckt wohl auch.

Ari ist fertig, trinkt das Bitter Lemon leer. Schaut Mama an.

Mama hebt ihr leeres Glas hoch.

»Mama!«, sagt Ari.

»Was?«, fragt Mama.

»Ich will nach Hause«, sagt Ari.

Mama guckt. »Warum?«, fragt sie.

Weil ich nicht hier sein will.

»Ich bin müde!«, sagt Ari.

»Quatsch«, sagt Mama.

Ari starrt Mama an. Mama starrt zurück.

»Ich will noch bleiben«, sagt Mama.

Ari zuckt mit den Schultern.

»Na gut, dann geh«, sagt Mama, nimmt den Schlüssel aus der Handtasche und schmeißt ihn vor Ari auf den Tisch.

Der Kellner bringt neuen Wein.

Ari nimmt den Schlüssel, steht auf und geht.

Als Ari das Restaurant nicht mehr sehen kann, schüttelt sie sich und sagt fünfmal hintereinander »Fuck«.

Dann schaut sie sich um. Hat niemand gehört. Schüttelt niemand den Kopf, schimpft niemand.

Ari geht zurück zum Haus, da ist kein Wagen, schaut auf ihr Handy, das nichts macht, schließt die Tür auf und steht im dunklen Haus.

Ari atmet. Stille.

Draußen geht die Sonne unter. Es ist zu früh, um müde zu sein, aber Ari ist müde, Ari ist es leid. Hat alles satt. So satt.

Sie macht das Licht an und ist allein. Ari schließt die Tür. Legt den Schlüssel auf den Küchentisch, geht ins Bad, macht sich fertig, fürs Bett.

Ari liegt im Bett und schreibt Elif.

Wo bist du

Wo bist du

Wo bist du
Wo bist du
Wo bist du
Wo bist du
Wo bist du
Wo bist du
Aber Elif antwortet nicht.

SONNTAG

Kirchenglocken.

Ari wacht auf und es ist Sonntag.

Kirche, denkt Ari.

Adventure, denkt sie. Lächelt.

Sie setzt sich auf und will aufstehen.

Hört Geräusche. Mama.

Mama redet.

Ari ist still. Ist da noch eine andere Stimme?

Ari schleicht an die Tür.

»Nur eine SMS! Damit ich weiß, dass du nicht tot im Graben liegst. (...) Du hast mir nicht mal einen Zettel hingelegt! (...) Jaja. (...) Nee, du. (...) OH MEIN GOTT, HÖR DIR MAL SELBST ZU! (...) Und wie lange soll das noch gehen? (...) Nee. Mh-mh. (...) Das ist mir egal. (...) Ja, dann bleib doch hier! Aber glaub ja nicht, dass wir auf dich warten! (...) Deine Entscheidung. Tschüs.«

Dann ist es kurz still. Dann brüllt Mama plötzlich halblaut.

Ari hat nicht gewusst, dass das geht. Sie schaut auf die Uhr. Noch früh.

Ari steht an der Tür. Wartet. Lauscht, was Mama macht.

Hört sich atmen, hört ihr eigenes Herz. Ari ist der lauteste Mensch der Welt.

Von draußen, von der anderen Seite der Tür nichts mehr.

Ari versucht leiser zu sein, lehnt sich an die Tür. Nichts.

Ari verlagert das Gewicht, ist ganz still, steht zwischen Bett und Tür und weiß nicht, wohin mit sich. Dann nimmt sie ihr Handy.

Nichts.

Ari schaut zum Fenster, wo Gardinen windstill und gelb hängen, das Morgenlicht dick wie Saft.

Ari legt ihr Handy aufs Bett, dann sucht sie sich Anziehsachen raus, Bikini statt Unterwäsche. Das bisschen Schmuck, das sie dabeihat. Lipgloss. Ein Haargummi. Sonnenbrille.

Ari packt ihre Tasche für ein Abenteuer, so gut es in ihrem Zimmer geht.

Soll sie Essen machen? Braucht man Proviant für ein Abenteuer?

Ari zuckt mit den Schultern, schaut auf die Dinge, die sie auf dem Bett ausgebreitet hat. Dann nickt sie, macht entschlossen die Tür auf und schaut raus. Nichts. Okay.

Ari schlüpft ins Bad, schließt die Tür hinter sich ab und duscht. Und wäscht sich die Haare. Und cremt sich danach ein. Und riecht gut. Und ist sauber.

Als Ari wieder in der Küche steht, sieht sie kein Frühstück. Sie schaut zum Schlafzimmer der Eltern. Der Mutter.

Ari geht im Badetuch zur Haustür, öffnet sie. Kein Auto.

Ari schließt die Tür leise, geht in ihr Zimmer und zieht sich an. Deckt dann in der Küche den Tisch, trinkt Wasser, isst Brote und Obst, trinkt mehr. Wäscht Aprikosen und Nektarinen ab, steckt sie in ihre Tasche. Die Wasserflasche.

Ari schaut auf die Uhr.

Putzt sich im Bad die Zähne. Schaut wieder auf die Uhr.

Klopft sachte an die Schlafzimmertür.

»Komm rein«, ruft Mama.

Mama sitzt an einem kleinen Tisch am Fenster, das nach Norden geht. Hat die Lesebrille auf, schiebt sie sich in die Haare, als sie sich zu Ari dreht.

»Guten Morgen. Hast du schon gegessen?«

Ari nickt.

Mama nickt zurück. Mehr fällt ihr nicht ein.

»Ich geh raus«, sagt Ari.

Mama nickt immer noch, aber sie schaut Ari schon nicht mehr richtig an.

»Ich hab mein Handy dabei«, sagt Ari dann.

»Okay«, sagt Mama.

Ari holt Luft. »Wo ist Papa?«, fragt Ari.

Mama lacht leicht. »Papa macht einen Ausflug.« Jetzt schaut sie Ari an und grinst kantig.

»Okay«, sagt Ari.

»Okay«, sagt Mama.

Ari hebt die Hand und zieht die Tür zu. Sie nimmt ihre Tasche, ein bisschen Geld, setzt sich die Sonnenbrille auf. Dann geht sie los.

Das Dorf ist sonntagsruhig. Die Straßen leer, vielleicht gefegt, die Fenster leer, Türen zu.

Ari schleicht, sieht Katzen, die haben keine Religion.

Raus aus dem Dorf. Dass es nur ein paar Tage braucht, bis man sich zurechtfindet, denkt Ari. Dass man läuft, ohne zu überlegen. Aris Wegmarken, ein Straßenschild, ein grüner Zaun. Ein Findling. Ein Zitronenbaum.

Ari hört erst Bimmeln, sieht wenig später die Ziegen.

Ari bleibt nicht stehen. Ari steigt auf den Hügel, setzt sich. Schaut auf ihr Handy und ist viel zu früh da. Ari packt ihr Buch aus. Liest.

Es ist elf. Er ist nicht da. Ari hat das Buch zugeklappt, balanciert es auf den Knien, schaut wieder auf ihr Handy, das ihr dieselbe Uhrzeit anzeigt.
Ari schaut runter, aber da ist nichts, da sind Sträucher, da ist trockene Vegetation, da sind bestimmt kleine Tiere, vielleicht auch größere, die Ari nicht sieht. Kein Pegasos.
Der Junge mit dem Pferdenamen. Ohne Flügel.
Ari wartet. Hat ja Zeit. Hat ja ein Buch.
Es ist halb zwölf.
Es ist zwanzig vor zwölf.
Es ist Viertel vor zwölf.
Ari wartet. Ari fragt sich, ob sie warten soll. Ob sie gehen soll, damit er sieht, dass er das nicht mit ihr machen kann, sie warten lassen.
Wie bestellt und nicht abgeholt. Ari wartet weiter.
Um kurz vor zwölf hört sie ein Geräusch, das näher kommt und ein Mofa ist.
Ari sieht ihn unten auf der Straße, allein, mit Helm, den aber am Ellbogen, er allein, diesmal nicht hintendrauf, diesmal fährt er.
Er sieht sie, hält, winkt. Ari winkt, steht auf und rutscht den Hügel runter.
»Hello!«, sagt er. »Good morning!«, sagt er. »Hello, Ari.«
Er grinst und das Mofa pöttert vor sich hin.
»Hi!«, sagt Ari. Sie zeigt auf das Mofa. Was heißt Mofa auf Englisch, denkt Ari.
»I brought a motorbike!«, sagt er.

Motorbike? Echt?, denkt Ari. Egal. Sie ruft »Okay!« und
hält einen Daumen hoch. Grinst.

Pegasos grinst auch.

Er sitzt immer noch auf dem Mofa, dann gibt er ihr den
Helm und sagt: »For you!«

»Thank you«, sagt Ari und setzt sich den Helm auf,
friemelt an der Schnalle rum, bis er ihr hilft, die Schnalle
rastet ein.

Er grinst sie an. Ari will zurückgrinsen, aber der Helm
hält ihre Backen fest.

Ari fühlt sich wie ein Hamster.

Sie steigt hinter Pegasos auf das Mofa, findet kleine Fuß-
rasten links und rechts, stellt ihre Füße drauf. Pegasos
greift nach hinten und nimmt ihre Hände, legt sie sich
um den Bauch.

Ari wird rot und lehnt sich an.

Er gibt Gas. Sie fahren los.

Ari hat gar nicht gefragt, wo es hingeht. Das ist egal. Aris
Helmkopf liegt zwischen seinen Schulterblättern, und sie
schaut die Landschaft an, durch die sie fahren, langsam,
langsam, wie auf einem Fahrrad, nur lauter. Ari hält mit
sich selbst Händchen an seinem Bauch, klammert Finger
an Finger. Sie holpern.

Ari hat ihn nicht geküsst. Er hat sie nicht geküsst. Auch
nicht umarmt. Ari wundert sich ein bisschen und das
Mofa knattert über Schlaglöcher und Steine. Aris Po. Der
Mofasitz.

Ari beißt die Zähne zusammen.

Es geht abwärts, es geht schneller, und Pegasos ruft was,
was Ari nicht versteht.

Ari krallt sich fest, die Straße windet sich, kurvt und

kringelt sich. Ari legt sich in Kurven und macht die
Augen zu, um sie sofort wieder aufzureißen. Dann sieht
sie das Meer.

Er fährt an einen Strand, den Ari nicht kennt, eine kleine
Bucht, das Mofa kann irgendwann nicht mehr weiter,
weil da nur noch Sand ist. Also stellt er es ab, macht
den Motor aus, dann rauscht nur noch das Meer. Ari
bekommt den Helm von selbst auf, nimmt ihn ab und
schüttelt die Haare auf. Er steht vor ihr und grinst, Hände
in den Taschen. »Let's go swimming«, sagt er.

Ari hat ihre Tasche, hat den Helm, er hat nur den Schlüssel. Kein Picknick, denkt Ari. Okay.

Kein Handtuch. Okay. Er grinst, er wartet, bis Ari kommt,
ihre Sachen auf den Boden legt, beieinander, sich aus-
zieht bis auf den Bikini. Er schaut. Ari rennt ins Wasser.
Er johlt was. Ari war die ganzen letzten Tage nicht so
nackt wie jetzt. Ari watet ins Wasser, bis es tiefer wird,
lässt sich fallen, schwimmt, bis das Wasser tief genug ist,
Ari hat sich das Meer angezogen.

Er steht am Strand und schaut, in abgeschnittenen Jeans,
verwaschenem Poloshirt, das zieht er aus, die Schuhe
auch, dann rennt er ins Wasser, in Jeans. Er johlt weiter,
als würde er sich selbst anfeuern. Sein Publikum. Ari tritt
Wasser und schaut. Er schwimmt ihr entgegen. »Hello,
Ari«, sagt er. Grinst.

Er paddelt. Ari taucht ab. Als sie wieder an die Oberfläche
kommt, krault sie los, schnell, bis sie nicht mehr kann.
Dreht sich um. Er schwimmt ihr halbgar hinterher.
Wie ein Hund. Den Kopf über Wasser.

Ari schwimmt ihm nicht entgegen. »Wait!«, ruft er, das
macht sie eh, aber er braucht ein bisschen. Dann ist er

bei ihr. Ari schaut seine nassen Lippen an. Salzwasser. Er
sieht es, kommt näher, versucht einen Kuss, muss aber
Wasser treten. Er grinst sie an, zuckt mit den Schultern.
Ari ist eine Meerjungfrau und er ein Junge mit Pferde-
namen, ohne Flügel, denkt Ari.
»You want to…?«, fragt er und nickt in Richtung
Strand.
»Swim back?«, fragt sie.
»Yes? To the beach?«, fragt er und wackelt im Wasser.
»Okay«, sagt Ari und schwimmt los.
Als er am Strand ankommt, hat Ari sich schon die Haare
ausgewrungen, hat Wasser getrunken und steht da, war-
tet.
Er steht vor ihr, keucht leicht.
»You're fast«, sagt er.
Ja, denkt Ari. Sie nickt leise.
You're slow.
Ari lächelt ihn an, bis er sie anlächelt, dann küsst er sie
leicht, setzt sich in den Sand und zieht sie an der Hand,
»Come, sit!«, nach unten, zu sich, neben sich.
Er legt ihr einen Arm um die Schulter.
Ari weiß nicht, was sie mit ihren Armen machen soll.
Lehnt sich auf die Hände. Der weiche Sand. Aris Finger
ziehen Furchen.
»You're pretty«, sagt er.
»Thank you«, sagt sie.
Er lächelt. Sie sieht ihn zu nah. Das Gesicht wird zu Ein-
zelteilen, ist kein Ganzes. Nur Augen, Nase, Ohrläppchen,
Stirn, Mund. Zähne.
Ein Pickel neben dem Nasenflügel. Ein paar Barthaare
über der Oberlippe.

Er küsst sie wieder. Ari macht die Augen zu. Küsst mit.
Ein bisschen, dann hört sie wieder auf. Er seufzt, sein
Arm auf Aris Schulter. Schaut auf das Meer.
Ari wartet und weiß nicht, auf was. Er küsst sie immer
wieder, streichelt ihr im Gesicht rum, an den Armen.
Schaut dann aufs Meer.
Keine Musik.
Ari zieht das Obst aus ihrer Tasche und bietet es ihm an,
Aprikosen, Nektarinen. Er nimmt eine Nektarine, isst
sie, immer noch der eine Arm auf Aris Schulter. Sie hört
ihn kauen. Ari schmeißt einen Aprikosenkern in den
Sand.
Kaut und schluckt Aprikose.
Er kaut noch, schaut auf die Nektarine.
Ari will schwimmen. Allein.
Sie lässt seinen Arm von ihrer Schulter rutschen, windet
sich raus, steht auf und sagt »I want to go swimming«.
Sie wartet nicht, bis er was sagt, geht einfach zum
Wasser, geh mir nicht nach, denkt sie. Ari muss an den
Froschkönig denken. Dreht sich nicht um.
Sie geht ins Wasser und springt rein, schwimmt mit gro-
ßen Zügen, krault, weiter raus. Noch weiter.
Irgendwann dreht sie sich um und sieht, dass er am
Strand sitzt. Er winkt. Ari hebt eine Hand aus dem Was-
ser, winkt halb zurück.
Legt sich auf den Rücken und schaut den Himmel an.
Hier bleiben, im Wasser, einfach den Himmel angucken
und dem Meer zuhören.
Aber da ist der Junge, da hinter Ari am Strand.
Ari seufzt.
Sie taucht ab, aber ihr wachsen keine Kiemen, keine

Flossen, Ari bleibt ein Mädchen und schwimmt mit Menschenarmen und Menschenbeinen zurück ans Ufer.

»Heeyyy!«, ruft er, als sie aus dem Wasser steigt.

Ari lächelt halb.

Er isst eine Aprikose. Ari trocknet sich ab.

Sie schaut auf ihre Uhr. Halb zwei. Ari schaut den Strand entlang, »I like this beach«.

»This is my beach«, sagt er und breitet die Arme aus.

»Welcome«, sagt er, dabei sind sie schon eine Stunde hier.

»Thank you«, sagt Ari halblaut. Sie setzt sich die Sonnenbrille auf. Er starrt sie an.

»You are very pretty«, sagt er wieder.

»Thank you«, sagt Ari, again.

Du bist auch pretty, denkt sie.

Sind Jungs pretty?

Ari spielt mit dem Sand und findet nichts. Sie legt sich auf den Rücken und schaut in den Himmel.

Er rutscht rüber. Legt sich neben sie. Versucht den Arm unter ihren Kopf zu legen. Klemmt Aris Haare ein.

»Au«, sagt Ari.

»Sorry«, sagt er. Zieht den Arm zurück.

Ari hat ein Buch dabei. Er nicht.

»Do you read?«, fragt sie Pegasos. Ari legt sich eine Hand an die Stirn und schaut zu ihm.

»Sorry?«

»Do you like reading?«

»Books?«, fragt er.

»Yes?«, von Ari.

»No«, antwortet er. »I like movies.«

»Okay«, sagt Ari und weiß nicht, warum.

Dann küsst er sie wieder und Ari küsst zurück, und dann legt er sich hin und Ari wartet.

Irgendwann wird ihr warm. Da ist kein Schatten. Ari könnte wieder ins Wasser gehen. Ari schaut auf ihr Handy, die Uhrzeit.

»You have to go home?«, fragt er, und Ari lügt »Yes«.

»Okay«, sagt er.

Er steht auf und Ari zieht sich an. Packt ihre Sachen und schaut auf die Kerne im Sand.

Sie stapfen durch den Sand zum Mofa, er schiebt es ein Stück, bis der Strand aufhört und die Straße anfängt.

Ari nimmt ihm den Schlüssel ab und steckt ihn ins Schloss.

»You can ride motorbike?«, fragt er.

»No«, sagt Ari. Und dann sagt sie: »Show me.«

Er grinst unsicher. Das ist nicht sein Mofa, das weiß Ari.

Er setzt sich auf den Sitz, zeigt Ari, wie man den Schlüssel im Schloss dreht, dann drückt er auf einen Knopf und das Mofa geht an. »Is automatic«, sagt er.

»Okay«, sagt Ari.

Er zeigt ihr das Gas »Go« und die Bremse »Stopp«.

Und mehr ist da nicht.

»Easy«, sagt Ari.

Easy peasy lemon squeezy, sagt Aris Hirn.

»I want to try«, sagt sie. Er zögert. Ari macht die Augen groß, legt ihm eine Hand auf den Unterarm, sagt »Please?«.

Er sagt nichts, aber sein Gesicht meint, na gut. Er rutscht vom Sitz, das Mofa ist noch an, Ari hat den Helm nicht auf und steigt auf den Sitz, legt die Hände an den Lenker.

»Stopp«, sagt sie und zieht die Bremse und Pegasos
nickt, »Go«, sagt sie und dreht das Gas auf. Das Mofa
hüpft nach vorne.

Ari lacht los.

»Ups!«, ruft sie.

»Hey!«, ruft er.

»Okay!«, ruft Ari, ist ja nichts passiert.

Adventure, denkt Ari.

»Slow«, sagt er und zeigt auf das Gas.

Slowly gibt Ari Gas und nimmt die Füße hoch. Sie rollt
vorwärts, bremst leicht, gibt wieder Gas und dreht eine
Runde um Pegasos.

»Good«, sagt er mit einer Hand, die er nach ihr aus-
gestreckt hat. Ari gibt Gas, das Mofa wird lauter und
schneller und Ari muss lachen. Pegasos nicht. Er hat den
Helm in der Hand. Ari stoppt. Schaut zu ihm. Er nickt,
kommt näher, aber dann nimmt Ari einen Fuß von der
Erde, gibt Gas, langsam, schneller, und fährt los. Auf die
Straße. Ari hört Pegasos rufen, aber sie fährt. Sie wackelt
nicht, sie fährt ganz einfach los, die Straße entlang, Wind
in den Haaren, Sonnenbrille auf der Nase. Ari bremst ein
bisschen und geht vom Gas, und das Mofa macht, was es
soll. Sie fährt Schlaufen und es geht. Ari dreht um und
fährt zurück zu Pegasos, der die Arme verschränkt hat
und genervt schaut, der sie in Empfang nehmen will,
der selbst fahren will, Schluss mit lustig, aber Ari fährt
an ihm vorbei und hält nicht an. Sie hört ihn rufen und
bestimmt rennt er ihr nach, aber Ari hält nicht an, Ari
fährt weiter und lacht.

Ari fährt ein paar Minuten weiter, ein Lieblingslied lang,
aber ohne Musik. Dann hält sie an. Ari steht am Straßen-

rand und sieht das Meer. Das Licht ist ganz weich. Die Luft. Ari merkt, dass sie summt, lächelt und ist ein bisschen frei.

I rode a motorbike today, denkt Ari.

Dann fährt sie zurück.

Als Ari ankommt, schreit Pegasos sie an. Er wedelt mit den Armen, rennt ihr entgegen. Ari stoppt, dreht den Zündschlüssel, der Motor geht aus und Ari steigt ab.

Sie nimmt den Helm vom Boden und zieht ihn sich über. Sie schaut Pegasos an, der gerade still ist, sie anstarrt.

»What?«, fragt Ari.

Er antwortet. Auf Griechisch. Aber Ari versteht ihn auch so.

Er setzt sich auf das Mofa, Ari rutscht schnell auf den Sitz hinter ihm und hält sich am Gepäckträger fest. Pegasos startet den Motor und fährt los.

Das Mofa kriecht den Berg hinauf, es dauert, aber das ist nicht schlimm. Ari lehnt sich in die Kurven, die sie jetzt langsamer nehmen, und schaut runter aufs Meer. Ari lächelt.

Als sie im Dorf ankommen, hält er an und wartet, bis sie absteigt. Er hält ihr einen Arm hin, bis Ari versteht: Er will den Helm.

Kein Lächeln, nur Augenbrauen. Er schaut sie nicht mehr an. Murmelt Griechisches, sagt dann »You are crazy« und fährt los.

Ari steht da und schaut ihm hinterher.

Er dreht sich nicht um, schaut nicht zurück, das Mofa jault und versickert irgendwann im Dorfrauschen. Ari scufzt und geht zurück zum Haus.

Auf dem Tisch vor dem Haus liegt die Katze, die Augen

geschlossen, alles still, nur die Schwanzspitze ein Pendel. Ari geht zu ihr, legt ihr vorsichtig die Hand auf den Kopf. Die Augen nur Schlitze, die Katze schnurrt. »I am crazy«, sagt Ari, »very crazy«. Ari kichert. Die Katze schnurrt weiter. Immer noch kein Auto.

»Papa macht einen Ausflug«, flüstert Ari der Katze zu. Die Katze schaut plötzlich Ari an, die Augen offen. Ari zuckt mit den Schultern. »Crazy«, sagt Ari. Schnurren. Die Katze ist kein Auto. Die Katze ist eine Katze und bringt kein Glück, denkt Ari. Das ist okay. Ari krault die Katze hinter den Ohren, dann geht sie ins Haus.

Mama steht vor offenen Küchenschränken, auf dem Tisch liegt Obst, liegt Gemüse, Käse, Brot, Milch. Der Kühlschrank steht offen, da geht gerade das Licht aus. Mama schaut hoch. »Ari, geh packen.«

»Warum?«, fragt Ari. Sie steht da in der Küche und macht nichts, schaut, wie Mama weiter Dinge aus den Küchenschränken holt, fühlt kalte Kühlschrankluft in die Küche wabern.

»Ich hab unsere Flüge umgebucht. Wir fliegen morgen zurück nach Hause.«

»Und Papa?«

Mama lacht kurz auf, aber sie antwortet nicht. Mama schmeißt Dinge weg. Dann macht sie die Tür vom Kühlschrank zu und verschwindet im Elternschlafzimmer.

Ari schluckt. Ihr Hals ist eng.

Ari nimmt ihr Handy, schreibt

Papa, du musst heimkommen.

Sieht, dass Papa die Nachricht gelesen hat, sieht, Papa schreibt. Papa schreibt. Papa schreibt.

Nichts.

Wir fliegen morgen heim!, schreibt Ari.

Papa schreibt.

Papa schreibt nicht mehr.

Papa ist offline.

Vielleicht setzt er sich jetzt in den Wagen. Vielleicht kommt er heim. Ari steht da und weiß nicht, was sie noch tun soll.

Packen soll sie.

Ari schaut auf den Küchentisch, dann zu ihrer Zimmertür. Packen. Ari guckt an sich runter zu den Füßen. Geh. Das Handy bleibt still.

Ari geht schnell aus der Küche, aus dem Haus, steht am Rand der Terrasse und macht den Chat mit Elif auf. Sprachnachricht.

»Meine Mutter hat unsere Flüge umgebucht auf morgen. Papa ist seit gestern weg. Ich weiß nicht wo, ich hab keine Ahnung, was da los ist, seitdem wir hier sind, ist alles ...

Wir können doch Papa nicht hier auf der Insel lassen! ...«

Ari schluckt und muss blinzeln. »Elif. Ich glaub, meine Eltern trennen sich. Elif. Scheiße.«

Ari macht die Sprachnachricht aus, verschickt sie, nichts passiert, alle Nachrichten ungelesen.

Ari scrollt durch ihre Chats, findet einen von vor einem Jahr, Elifs Bruder.

Ich erreiche Elif nicht, ist alles okay?

Ist das überhaupt noch seine Nummer? Ist der überhaupt mitgefahren?

Ari scrollt, findet nichts, schaut in den anderen Apps nach, findet eine Nachricht von Elifs Mutter, schreibt

Ist Elif okay? Ich erreiche sie nicht? Ist was passiert?
Denkt an Elifs Vater, von dem hat sie die Nummer nicht,
scrollt im Chat mit Elif nach oben und sucht und findet
den Namen der Cousine, sucht Nasra, findet sie auf Insta-
gram. Ari addet Nasra und schreibt ihr eine Nachricht,
geht die Fotos durch, aber die letzten sind vom Ausflug.
Da, Elif. Seitdem hat Nasra nichts mehr gepostet.
Ari starrt ihr Handy an. Ari hat die Nagelhaut ihres Zei-
gefingers zwischen den Zähnen und beißt.
Nichts.
»Ari!«, ruft Mama. »Du hast ja immer noch nichts
gepackt!« Mama steht vor Ari und hat die Hände in die
Seiten gestemmt. »Ab jetzt! Wir müssen morgen um halb
fünf raus! Wir gehen gleich essen, damit wir früh ins Bett
können.«
Ari will was sagen, aber Mama unterbricht sie. »Packen.
Jetzt.«
Mama geht zum Küchentisch, packt Lebensmittel in
Tüten und trägt sie aus dem Haus. Ari geht in ihr Zim-
mer und schließt die Tür hinter sich. Sie setzt sich aufs
Bett. Die Hände auf den Knien. Der Körper sitzt nur, ist
nur ein Körper. Ari atmet flach.
Irgendwann merkt sie, dass sie die Fingerkuppen von
Daumen und Mittelfinger der rechten Hand aneinander-
reibt, kleine Kreise. Ari schaut ihrer Hand zu. Schüttelt
sich kurz. Steht auf.
Holt den Koffer, klappt ihn auf dem Bett auf. Packt.
Legt sich Sachen für die Reise raus. Schließt den Kof-
fer. Ari setzt sich wieder aufs Bett. Sieht die Steine und
Muscheln, die sie gesammelt hat. Starrt sie an. Ari steht
auf, nimmt die Schale und leert sie in den Mülleimer.

Mama steht in der Tür.

»Fertig?«, fragt sie und schaut sich im Zimmer um, nickt leicht. »Gut. Ich hab's auch gleich. In einer halben Stunde können wir essen gehen.«

Dann geht Mama.

Ari fehlt etwas. Sie öffnet Schubladen, schaut in den leeren Schrank, legt sich auf den Boden und sieht unter dem Bett nach, aber da ist nichts. Sie wühlt in ihrer Tasche, nichts.

Ari sitzt auf dem Boden zwischen Bett und Wand.

Dann ruft Mama, und Ari steht auf, geht ins Bad, wäscht sich das Gesicht, und als sie aus dem Bad kommt, steht Mama bereit. Mama setzt sich die Sonnenbrille auf, streckt eine Hand nach Ari aus, sagt »Komm«.

Mama schließt die Tür ab. Dann geht sie los, schweigend, durch das Dorf. Kein Wort von Mama, keins von Ari. Nur ihre Füße.

Es ist noch früh. Früher als die letzten Abende. Wir Deutschen wieder, will Ari sagen und schaut hoch, da sieht sie das Mofa und einen Jungen, der kein Pferd ist, um eine Ecke biegen. Sieht ihn nur noch von hinten.

»Das hier«, sagt Mama und geht durch einen kleinen Torbogen in eine schmale Gasse, ein Schild, ein Pfeil zeigt *Restaurant* und sie folgen und finden es am Ende der Gasse. Sie gehen hinein, »Terrace?«, fragt die Kellnerin und Mama sagt »Ja«.

Auf der Terrasse stehen nur drei kleine Tische. Drum herum eine Balustrade, dahinter Aussicht. Ari schaut weit, sieht den Horizont, einen bleichen Mond. Sie haben die Sonne im Rücken. Auf dem Tisch eine kleine Karte, wenige Gerichte, Mama bestellt, ohne Ari zu fragen, Ari schweigt und schaut zum Mond am Himmel, der noch nicht Nacht ist.

Kein Wein für Mama. Nur ein Krug Wasser und zwei Gläser. Dann kommt das Essen, nur Salat und Brot. Die Kellnerin steht in der Terrassentür, schaut an ihnen vorbei in die Ferne.

»Morgen melde ich dich im Ferienhort an«, sagt Mama plötzlich, ohne Ari anzuschauen.

»Ich geh Dienstag ins Büro und will nicht, dass du allein zu Hause sitzt.«

Ari vergisst, dass sie Salat auf der Gabel hat.

»Wieso allein?«, fragt Ari.

»Siehst du hier noch irgendwen?«, fragt Mama. »Morgen früh geht ein Bus, den nehmen wir. Wenn alles gut geht, sind wir um zwei daheim.«

»Und Papa?«

Mama zuckt mit den Schultern.

Ari legt die Gabel hin und schiebt ihren Teller weg.

»Wir können ja im Herbst noch mal in Urlaub fahren, so richtig, ohne Arbeit«, sagt Mama. »Du und ich.«

»Nein«, sagt Ari.

Mama lacht falsch auf. »Stimmt ja, willst du ja nicht.«

Mama isst. Als sie fertig ist, wischt sie das restliche Dressing mit Brot auf, trinkt ihr Glas leer und winkt der Bedienung.

Mama zahlt. Mama und Ari stehen auf.

Mama geht vor und Ari folgt. Den Weg zurück.

»Ach, da schau«, sagt Mama und deutet über den Marktplatz, »das ging ja schnell. Sind die nicht gestern erst gekommen?«

Ari schaut und sieht das Mädchen von gegenüber auf

Aris Bank sitzen, sieht, wie sie sich die Haare aus dem Gesicht hinter die Ohren streicht. Vor ihr steht Pegasos, die Hände hinter dem Kopf verschränkt, die Ellbogen zur Seite gestreckt. Ari kann ein bisschen Haut zwischen Hose und Shirt sehen. Er lehnt sich nach vorne, legt eine Hand neben sie auf die Rückenlehne der Bank und flüstert ihr was ins Ohr.

»Junge Liebe.« Mama greift sich Ari an den Schultern, »Warte mal ab, irgendwann hast du vielleicht auch einen Urlaubsflirt«.

Ari lacht nicht. Ari sagt nichts. Ari geht weiter und schaut auf ihre Füße, Mamas Hände von hinten auf ihren Schultern, als würde die sie nach Hause schieben.

Als das Haus in Sichtweite ist, lässt Mama von Ari ab und bleibt stehen.

Ari schaut hoch, zu Mama, zum Haus.

Da steht der Wagen.

Da sitzt Papa auf den Stufen vor dem Haus, das Handy in der Hand, das er ausschaltet, als er sie sieht. Er steht auf, läuft ihnen wenige Schritte entgegen.

»Da seid ihr ja«, sagt Papa und macht die Arme weit, umarmt Ari und greift mit der anderen Hand nach Mama, die ausweicht.

Mama sperrt die Haustür auf und geht ins Haus ohne ein Wort.

»Ui, schlechte Stimmung?«, fragt Papa, grinst Ari an und schubst sie in die Seite.

Ari geht einen Schritt weiter weg.

»Wo warst du?«, fragt sie.

Papa guckt. »Ich hab mir ein bisschen die Insel angesehen.« Er schaut ins Haus, wo das Licht an ist.

Ari sieht Papas Gesicht im Profil. Er lächelt und hat
eine Hand auf Aris Schulter, tätschelt sie geistesabwe-
send.

»Allein?«, fragt Ari.

Papa sagt nichts, dann guckt er Ari an.

»Was?«, fragt er.

»Du hast dir die Insel angesehen? Allein?«, fragt Ari noch
mal.

»Ja. Wieso? Was meinst du?« Papa lächelt nicht mehr.

»Ich dachte, du willst bestimmt lieber bei Mama bleiben.
Mädchenzeit und so.«

Ari schnauft. Papa legt den Kopf schief. Dann geht er ins
Haus und ruft nach Mama.

Ari steht vor der Tür und hört Papas Stimme, nicht, was
er sagt. Ari steigt aufs Dach.

Mamas Stimme. Papa.

Lauter.

Ari zuckt. Ari hält sich an ihren Knien fest und starrt
den Horizont an, als wäre sie seekrank. Dahinten ist das
Meer.

Dann hört sie Stimmen, sieht das Mädchen die Straße
entlanggehen, sieht Pegasos an ihrer Seite. Ari rutscht
nach hinten, macht sich klein, macht sich unsichtbar.
Horizont. Der Streifen, wo Himmel und Meer aufeinan-
dertreffen. Ari hört irgendwann eine Tür aufgehen und
die fremde Sprache, hört fremde Eltern laut sein und wie
Schritte sich entfernen. Sieht noch, wie das Mädchen ins
Haus geht. Sieht den Vater in der Haustür stehen, nach
drüben, zu ihnen schauen, wo Mama und Papa brüllen.
Wo Papa irgendwann lauter ist, weil er wohl in der Tür
steht.

»Ach komm, reg dich ab«, sagt Papa halblaut. Der Mann gegenüber geht ins Haus und schließt die Tür.

Ari sieht Papa, der nach seinen Zigaretten sucht. Sieht, dass Papa eine Nachricht bekommt. Wie er sie liest. Beantwortet.

Papa wird angerufen. Er starrt auf das Display, dann macht er sein Handy aus.

Ari greift in die Mauerritze. Sie steigt die Leiter runter, Papa dreht sich um und lächelt wieder, aber Ari wirft ihm nur das Zigarettenpäckchen vor die Füße.

»Ari«, sagt Papa.

Ari antwortet nicht. Ari geht ins Haus, in ihr Zimmer, dreht den Schlüssel im Schloss und legt sich aufs Bett.

Die Zeit vergeht, im Zimmer wartet Ari, liegt auf dem Bett, draußen Mama und Papa und ihre Stimmen und ihre Worte und Türen und wieder Stimmen und irgendwann später: Ruhe.

Ari hat sich nicht die Zähne geputzt. Hat sich nicht gewaschen. Trägt noch den Bikini unter ihren Kleidern. Ari steht leise auf, zieht sich aus, stopft die alten Klamotten in den Koffer, zieht sich ihr Nachtshirt an und legt sich wieder hin, auf die Decke, auf den Rücken, die Hände auf dem Bauch verschränkt, als würde sie beten, aber Ari betet nicht. Ari schaut im Dunkeln an die Decke.

Dann wird es hell. Ari schaut auf ihr Handy, das Display leuchtet, ein Anruf.

Elif.

– Elif?

– Ari, es tut mir so, so leid, Mann, echt, sorry, das war nur so eine scheiß Wette mit meinem scheiß Onkel, weil der gesagt hat, die Jugend von heute kann nicht

mehr ohne Handy oder so, und dann hat der mir mein
Handy abgenommen, ach, ist ja auch egal, Scheiße,
was ist denn bei dir los? Erzähl! Bist du mir sehr böse?
Es tut mir so leid, es tut mir so leid.

– Elif.
– Mensch, Ari. Scheiße.
– Ja, richtige Scheiße.

(Ari hört im Hintergrund Menschen)

– Wo bist du denn gerade?
– Ach, so ein Geburtstag von irgendwem. Und morgen
fahrt ihr heim?
– Ja. Papa ist wieder da.
– Ui.
– Das Arschloch.
– Ja?
– Ja. Arschloch.
– ARSCHLOCH.

(Ari lacht ein bisschen)

– Ari, halt durch, ja? Ich komm Donnerstag wieder.
Ich hab jetzt immer mein Handy bei mir. Immer. Ich
schwöre. Ich bin da, ja?
– Okay.
– Weinst du?
– Ja.
– Oh Mann.
– Nicht schlimm.
– Doch schlimm. Scheiße. Ich drück dich. Ich bin da,
ja?
– Ja. Danke.
– Scheiß Erwachsene.
– Echt.

- Die brauchen wir nicht, Ari.
- Nee, echt nicht.
- Wir haben ja uns.
- Ja.
- Wo bist du denn gerade?
- Im Bett. Wir fahren morgen ganz früh los.
- Kannst du schlafen?
- Weiß nicht.
- Soll ich dranbleiben?
- Wird das nicht teuer?
- Pft. Egal. Ich bleib dran.
- Danke.
- Klar.

Ari legt das Handy neben ihr Ohr, ganz nah. Gute Nacht.
Ari hört Geburtstagsgeräusche und wie Elif was zu
jemand anderem sagt. Aber da schläft Ari schon fast.

montag

Ari wacht auf, da ist es fast hell. Ari setzt sich auf, schaut
auf das Handy, das neben ihr liegt, sieht die Uhrzeit. Es
ist früh.

Sie steht auf, duscht, zieht sich dann an und stopft ihr
Nachtshirt in den Koffer. Ari zerrt den Koffer in die
Küche, nimmt noch ihre Tasche, schaut sich im Zimmer
um, aber da ist nichts mehr.

Ari schließt die Tür, dann setzt sie sich an den Küchentisch. Schaut zum Elternschlafzimmer. Steht auf, trinkt
ein Glas Wasser, noch eins. Findet noch ein bisschen
Brot, ein bisschen Butter. Honig. Ari schmiert sich ein
Brot, setzt sich damit an den Küchentisch und isst.

Die Schlafzimmertür geht auf. Mama kommt raus. Papa.
Mama geht ins Bad. Papa setzt sich zu Ari, lächelt sie an.
»Guten Morgen.«

Ari kaut.

Papa steht auf, sucht Kaffee, findet keinen Kaffee. Mama
war gründlich. Papa dreht sich um. Nickt Ari zu. »Du
hast schon immer gerne süß gefrühstückt.«

Ari starrt. Dann nimmt sie den Salzstreuer und lässt Salz
auf ihr Brot, auf den Honig rieseln.

Papa starrt. Ari kaut, steckt sich das restliche Brot in den
Mund, geht an Papa vorbei zur Spüle und wäscht Teller
und Glas ab.

Dann geht sie ins Bad, putzt sich die Zähne. Steckt ihre
Zahnbürste in den Kulturbeutel.

»Ich bin fertig«, sagt sie zu Mama. Die nickt.

Ari geht in die Küche, nimmt ihre Tasche, geht auf die Terrasse. Sieht, wie Papa ihren Koffer in den Kofferraum hievt. Sieht die Katze über die Mauer laufen, kurz schaut sie zu Ari, dann verschwindet sie in den Büschen. Tschüs, Katze, denkt Ari und steckt sich die Kopfhörer in die Ohren, zieht sich die Hoodiekapuze über den Kopf. Ari setzt sich und wartet, bis Papa alle Koffer einlädt, bis Mama rauskommt, die letzten Mülltüten zur Tonne trägt, dann die Tür absperrt. Ari ins Auto winkt.

Ari hat keine Musik an. Sie steigt hinter den Eltern ins Auto, sie fahren los, halten kurz, damit Mama den Schlüssel einwerfen kann, dann fahren sie weiter. Aus dem Dorf, den Berg hinunter. Die Eltern sind still. Kein Radio, nur das Auto ist zu hören. Sie fahren die Küste entlang. Ari sieht zum Meer. Sie hebt die Hand und winkt.

Außerdem von Tamara Bach im Carlsen Verlag lieferbar:
Busfahrt mit Kuhn
Das Pferd ist ein Hund
Jetzt ist hier
Marienbilder
Marsmädchen
Mausmeer
Sankt Irgendwas
Vierzehn
Was vom Sommer übrig ist
Wörter mit L

© 2023 Carlsen Verlag GmbH, Hamburg
Umschlaggestaltung: formlabor unter Verwendung
eines Bildes von shutterstock.com © Olha Kozachenko
Lektorat: Katja Maatsch
Herstellung: Karen Kollmetz
Satz: Dörlemann Satz, Lemförde
Druck und Bindung: GGP Media GmbH, Pößneck
ISBN: 978-3-551-58499-1
Printed in Germany

CARLSEN-Newsletter: Tolle Lesetipps kostenlos per E-Mail!
Unsere Bücher gibt es überall im Buchhandel und auf carlsen.de.